Die Königskinder von Bärenburg

Torsten Harmsen

Die Königskinder von Bärenburg

Ein deutsch-deutsches Märchen

Eichborn.

Für Laura, geboren am 9. November 1989

Torsten Harmsen, Jahrgang 1961, lebt als Journalist in Berlin. Seine Tochter Laura wird wegen ihres Geburtsdatums – wie alle Berliner Kinder, die am Tag des Mauerfalls zur Welt kamen – regelmäßig am 9. November vom Bürgermeister eingeladen. Und seit einigen Jahren beginnt sie zu fragen, warum eigentlich. So kam Torsten Harmsen auf die Idee, die Geschichte der deutschen Teilung als Märchen zu erzählen.

1 2 3 4   05 04 03

© Eichborn AG, Frankfurt am Main, Juni 2003
Umschlaggestaltung: Moni Port
Umschlagillustration: Gerhard Glück
Lektorat: Oliver Thomas Domzalski
Druck und Bindung: Clausen & Bosse, Leck
ISBN 3-8218-4842-1

Verlagsverzeichnis schickt gern:
Eichborn Verlag, Kaiserstr. 66,
60329 Frankfurt am Main
www.eichborn.de

Statt eines Vorworts

Gute Nacht, Laura. Es ist spät! Hat dir der Tag gefallen?

> War okay. Papa, aber eins versteh ich nicht: Viele, die hören, an welchem Tag ich geboren bin, drehen völlig durch. Vorhin hat die Frau von gegenüber gefragt: Waas? Du hast wirklich heute Geburtstag, am Tag des Mauerfalls? Dann erzählte sie stundenlang, was sie damals gemacht hat. War das wirklich so ein cooler Tag?

Nun ja, cool, das ist vielleicht nicht das richtige Wort. Damals schrien die Leute jedenfalls alle »Wahnsinn«.

> Du auch? Hast du auch »Wahnsinn« geschrien?

Ich saß an diesem Abend zu Hause, um Geburtsanzeigen zu schreiben. Genau in der Zeit, in der Hunderte durch die Mauer rannten und auf dem Kudamm tanzten, habe ich die letzten Briefe zugeklebt. Und jetzt schlaf!

> Da hast du ja voll was verpasst. Und, Papa, weißt du noch, dass ich früher immer dachte, ich hätte nach meiner Geburt so laut geschrien, dass davon die Mauer umgefallen ist?

Ja, das weiß ich noch.

> War die Mauer wirklich so groß? Ging die wirklich mitten durch Berlin? Und gab's da gar keine Lücke?

Da gab's keine Lücke. Deine Freundin Caro in Steglitz hättest du vergessen können.

Wieso?

Weil sie im Westen wohnte und du im Osten. Du wärst mit der S-Bahn noch bis zur Stadtmitte gekommen, aber nicht weiter. An der Mauer war Schluss, endgültig. Der Westen war für uns so weit weg wie der Mond.

Der Mond? Klingt krass! Hast du die Mauer mal gesehen?

Ja, von der S-Bahn aus. Es war nicht einfach nur eine Mauer, sondern eine riesige Anlage mit Sandstreifen, Hunden und Zäunen. Die Mauer selbst war hundertfünfzig Kilometer lang und vier Meter hoch. Oben hatte sie eine Betonröhre drauf, damit niemand hinüberklettern konnte.

Klingt ja gruselig.

Ja. Und nun schlaf!

Ich kann mir das gar nicht vorstellen.

Was?

Na, dass man überhaupt so eine Mauer bauen kann. Wieso hat man das gemacht?

Das ist eine lange Geschichte, die viel mit Politik zu tun hat.

Und mit zwei Königen, die sich nicht leiden konnten!

Wieso denn das?

Hat Florian erzählt.

Könige gab's doch damals nicht mehr. Die waren längst abgeschafft. Es gab Republiken mit Regierungen und Parlamenten. Es gab Minister und Abgeordnete.

Das klingt langweilig. Ich möchte Könige haben, und Prinzessinnen!

Das geht nicht! Die gab's überhaupt nicht!

Ich möchte sie aber haben! Du sollst mir ein Märchen erzählen!

Nun schlaf!

Papa, gib's zu, du kannst es nicht!

Was kann ich nicht?

Mir ein Mauermärchen erzählen.

Ich weiß nicht. Man müsste es einfach mal probieren. Ein andermal vielleicht. Aber jetzt wird geschlafen!

Du willst dich nur vor dem Märchen drücken!

Mädchen, du schaffst mich! Nie gibst du Ruhe. Und ich lass' mich immer wieder einwickeln. Wie du das immer wieder hinkriegst ... Also gut. Rück mal ein bisschen zu Seite! So ein Märchen erzählt sich nämlich besser, wenn man auf dem Rücken liegt und an die Decke schaut. Versuchen wir's mal.

Die Königskinder von Bärenburg

Die Großmächtigen

Es war einmal ein Land. Es hieß Bärenburg, und es war geteilt, mitten hindurch – wie ein bunt bedrucktes Tischtuch, das jemand in einem Anfall von Wut zerschnitten hatte. In diesem geteilten Land herrschten zwei Könige. Sie hießen Dederow und Bundislaus. Die beiden Könige hatten zwei Kinder: Daniel und Beatrice.

Von ihnen handelt unsere Geschichte.

Daniel war der hoffnungsvolle Sohn des Königs Dederow, und Beatrice die liebreizende Tochter des Königs Bundislaus. Wer diese beiden Kinder zusammen gesehen hätte, hätte gewiss gesagt: O, welch ein schönes Paar! Doch niemand hatte sie je zusammen gesehen. Das war auch gar nicht möglich, und wer es behauptet hätte, wäre sofort als Lügner hingestellt worden. Denn die beiden Kinder begegneten sich nie. Ja, sie kannten sich nicht einmal, sie wussten nichts voneinander, und die Chance, dass sie sich je treffen würden, war so winzig wie das Kopfkissen eines Flohs.

Dennoch kam einmal ein Wanderer des Wegs und sagte: »In den Sternen steht, dass sich die beiden Königskinder dereinst ineinander verlieben werden.« Die Leute lachten, ja, sie kugelten sich direkt vor Lachen. Es war aber kein fröhliches Lachen, sondern eher ein Ausbruch heiterer Verzweiflung. Denn im tiefsten Innern tat es ihnen weh, dass die beiden Königskinder überhaupt keine Chance hatten, zusammenzukommen. Wie sollte das auch möglich sein?, fragten sich die Leute. Denn zwischen dem Reich des Königs Dederow und dem Reich des Königs Bundislaus erhob sich eine hohe, hässliche, graue, unüberwindliche Mauer.

Die Könige waren so verfeindet, dass mitten im Sommer der Frost ausgebrochen wäre, hätten sie sich je Auge in Auge gegenübergestanden. Sie beschimpften sich unablässig über die Mauer hinweg. »Dieser Bundislaus, das ist ein alter Sack!«, knurrte König Dederow. »Der ist von gestern. Außerdem will er mir alles wegnehmen.« König Bundislaus grollte zurück: »Dieser Dederow. Der ist hinterlistig und gefährlich. Seht euch nur vor!« Und so ging das hin und her. Man hätte dazwischenhauen mögen.

Es ist schon seltsam, dass sich zwei Könige, die aus einem Land stammten und dieselbe Sprache sprachen, so danebenbenahmen. Warum taten sie das?

Um das zu beantworten, müssen wir viele Jahre zurückgehen – in eine Zeit, in der Daniel und Beatrice noch nicht geboren waren. Damals waren Dederow und Bundislaus auch noch keine Könige. Das Land Bärenburg war ein mächtiges Reich, das einen großen Krieg führte und fremde Länder eroberte, um sie sich untertan zu machen. Seine Soldaten spielten sich als Herren der Welt auf, und nicht wenige benahmen sich äußerst scheußlich. Doch irgendwann wendete sich das Blatt, und die wütenden Gegner kamen von allen Seiten heranmarschiert. Es waren ihrer vier. Sie einigten sich in ihrem Zorn und besiegten das große Reich. Sie besetzten es und teilten es untereinander auf – genau in vier Stücke.

Doch die Gegner waren von zu unterschiedlicher Natur. Kaum war das Bärenburger Heer besiegt, fingen sie an, sich zu streiten: Was wird nun aus dem Reich? Wollen wir es für immer in kleine Stücke zergliedern? Wollen wir den Bärenburgern irgendwann überhaupt noch einmal erlauben, eine eigene Regierung zu haben, eine eigene Armee, eigene Zeitungen oder irgendetwas anderes?

Der Streit entflammte sehr heftig, vor allem zwischen den beiden Wortführern. Man nannte sie die Großmächtigen, weil sie die größten Armeen anführten. Auf der einen Seite stand der großmächtige General Genny. Das Land, aus dem er kam, lag weit im Westen. Er hatte die beiden anderen Gegner des Westens um sich geschart und bildete mit ihnen einen Dreierbund. Bald fügten sie auch die von ihnen besetzten drei Teile Bärenburgs zu einem einzigen zusammen. Ihnen gegenüber saß der großmächtige rote Marschall. Man nannte ihn so, weil er dicke rote Streifen auf seiner Uniformhose trug sowie eine große rote Tellermütze auf dem Kopf. Das Land, aus dem er kam, lag weit im Osten. Und er war gefürchtet wie ein heranspringender Buschbrand.

»Der rote Marschall ist eine Gefahr!«, rief General Genny. »Er hat in seinem eigenen Land die Ordnung zerstört. Und nun bedroht er auch uns, mitten in Bärenburg.«

Der rote Marschall hatte in seinem Land weit im Osten das Unterste zuoberst gekehrt. Er war Anhänger einer Idee, die den Leuten versprach, das Paradies auf Erden zu schaffen. Es war eine uralte Idee. Die meisten Menschen begnügten sich damit, vom Paradies auf Erden zu träumen oder hier und da etwas zu verbessern. Der rote Marschall aber rief: »Genug geträumt! Jetzt werden Nägel mit Köpfen gemacht! Ich will die ganze Welt befreien! Arme und Reiche soll es nicht mehr geben. Niemand soll mehr auf Kosten anderer leben können. Alle Menschen sollen gleich sein. Alles soll dem Volk gehören. Dann werden Armut und Not für immer abgeschafft sein!«

Um all das zu erreichen, hatte der rote Marschall in seinem eigenen Land die Regierung verjagt, den Fabrikbesitzern die Fabriken, den Gutsbesitzern die Bauernhöfe und Ländereien weggenommen, er hatte die Adligen aus ihren Schlössern vertrieben und sein eigenes Regime errichtet. Er diktierte alles. Seine Leute bestimmten in den Ministerien, der Armee, der Polizei, der Post, den Zeitungen – buchstäblich überall.

Viele Anhänger des roten Marschalls glaubten, dass nun

endlich die paradiesische Zeit angebrochen sei, aber auch im Lande des roten Marschalls gab es nicht wenige Leute, die ihnen den Spaß verdarben. Sie mäkelten an der schönen Herrschaft des roten Marschalls herum. Wie kann es denn sein, fragten sie, dass ein Mann ein ganzes Land beherrschte – im Namen welcher Idee auch immer? Und was hat es zum Beispiel zu bedeuten, dass alles dem Volk gehört? Das klingt zu schön, um wahr zu sein.

Die Ärmsten des Landes jubelten, als die Reichen davongejagt wurden. Plötzlich sollten sie selbst die Herren sein, die Fabriken leiten, die Kinder lehren und die Armee anführen. Es war verständlich, dass sie jedem die Faust vors Gesicht hielten, der schlecht über den roten Marschall redete. Jene Leute aber, die weniger häufig die Faust ballten und dafür immerzu über alles nachdachten, grübelten, wie das alles weitergehen sollte: Alles gehört dem Volk? Nun gut. Aber wie soll das aussehen? Kann sich nun jeder alles nehmen? Oder gehört jedem nur ein Teil, sagen wir mal: dem einen ein Traktor, dem anderen eine Kuh, dem dritten eine Maschine?

Oder gehört allen alles, dem Einzelnen aber nichts? Wer bitteschön sorgt dann dafür, dass es dabei gerecht zugeht? Wer passt auf, dass sich die Verwalter der Fabriken und Bauernhöfe, die es ohne Zweifel geben muss, nicht heimlich selbst etwas in die Tasche stecken? Und wenn alles gleich ist: Wird dann nicht auch alles gleichgültig? Wer legt sich denn noch für eine Fabrik oder einen Bauernhof ins Zeug, wenn sie niemandem mehr gehören? Und kann man eine Idee, so alt und gut sie auch ist, mit Gewalt durchsetzen, wie es der rote Marschall tut, der von Gerechtigkeit redet und zugleich Menschen verfolgt, die gegen ihn sind? Es waren einfach zu viele Fragen, auf die der rote Marschall nach seiner Art reagierte. Er sperrte die Unbequemen einfach ein oder verjagte sie.

General Genny drohte ihm: »Versuch ja nicht, deine Idee auch noch in Bärenburg auszubreiten! Sonst passiert was.« In seinem eigenen Land fern im Westen waren die Fabriken, Ländereien, ja auch Zeitungen noch immer in Privatbesitz. General Genny rief: »Roter Marschall, du unterdrückst die Leute. Bei mir aber dürfen sie frei wählen, sich frei äußern und sich frei betätigen.« – »Du Spinner«, rief der rote Marschall zurück, »bei dir herrschen die Geldsäcke und nicht das Volk!« – »Halt ja den Mund«, drohte General Genny, »wer die Freiheit unterdrückt, hat hier gar nichts zu sagen!«

So stritten die Großmächtigen immer hitziger, und weil sie in Bärenburg ja nicht bis in alle Ewigkeit für alles selbst sorgen konnten, setzten sie Männer ein, die in ihrem Sinne regieren sollten. Der rote Marschall krönte König Dederow im östlichen Teil Bärenburgs, und General Genny wählte König Bundislaus für den westlichen. Es entstanden zwei Reiche.

Ein Tischler steigt empor

König Bundislaus war ein würdiger Herr mit Hut, Weste und einer goldenen Uhr. Er trug einen Backenbart und rauchte Pfeife. Auf Fotografien schaute er stolz und streng drein, denn er entstammte schließlich einer alten, ehrbaren Bürgerfamilie. Kennen wir heutzutage überhaupt noch solche Herren, die Backenbärte und goldene Uhren tragen? Es gab einmal eine ganze Menge von ihnen. Bundislaus verkörperte nicht weniger als hundert Jahre bester Bärenburger Tradition. Dabei war er noch gar nicht alt, aber seine Familie besaß seit langem eine große Butterfabrik, und sie hatte schon alles hervorgebracht, was man an würdigen Erscheinungen so hervorbringen konnte: vom Fabrikanten bis zum Gerichtsrat und Minister. Nur einen König noch nicht.

Stolz zog Bundislaus mit seinen Beratern in eine schöne Residenz im Westen Bärenburgs und rief feierlich dem versammelten Volk zu: »Von heute an regiere ich hier, liebe Bürger. Wir wollen die schlimmen Zeiten schnell überwinden, und wir wollen ein neues, freies Bärenburg bauen. Wir wollen eine Welt des Wohlstands schaffen, in der jeder eine Chance hat. Jeder, der die Ärmel hochkrempelt und mit anpackt, soll gut leben können. Wir werden wieder Butter machen statt Kanonen, liebe Leute!«

Das war ein bisschen Werbung für die Butterfabrik, die seine Familie reich gemacht hatte. Die Leute freuten sich und warfen ihre Hüte in die Luft.

»Jeder soll frei sein«, rief Bundislaus. »Jeder soll frei reden, frei wählen und einen riesigen Haufen Geld machen können, anders als dort, wo dieser fürchterliche rote Marschall mit seiner Marionette Dederow herrscht.«

»Uuuuu«, schrien die Leute vor Entsetzen, als sie den Namen des roten Marschalls hörten. Sie zitterten und waren froh, unter König Bundislaus leben zu dürfen. Man hatte ihnen erzählt, der rote Marschall sei eine Art Monster mit glühenden Augen und scharfen Krallen, das alles und jeden fressen würde.

General Genny grinste zufrieden. Dieser Bundislaus war ein ganz annehmbarer Kerl, dachte er sich. Er würde das neue Leben hier schon ankurbeln. Ja, starke Ellenbogen und ein bisschen Glück gehörten gewiss dazu. Es konnte schließlich nicht jeder reich werden. Ein paar würden auf der Strecke bleiben. Na und? Die Freiheit hat eben ihren Preis. Versonnen blickte General Genny auf Sophia, die elegante Frau des Königs, die da neben ihm stand, schlank, mit nagelneuen Nylonstrümpfen, einem schicken Kleid und einer Krokodilledertasche – ganz Dame von Welt. Die ist nun mal Klasse, dachte General Genny. Das macht uns keiner nach.

Auch König Dederow hielt an diesem Tage Einzug, und zwar in seine neue Residenz im Osten Bärenburgs. Dederow stammte nicht aus einer vornehmen Butter-Familie, sondern er hatte als junger Mann Tischler gelernt. Er war auch nicht so gebildet und welterfahren wie König Bundislaus. Außerdem konnte er nicht besonders gut reden. Wenn er laut wurde, dann stieg seine ohnehin hohe Stimme noch höher – bis sie sich in höchsten Fisteltönen überschlug. Nicht wenige machten sich über ihn lustig. Aber woher sollte es auch kommen? Dederow war der erste Mann auf Bärenburger Boden, der von ganz unten nach ganz oben gelangt war.

Auf einem alten Bild können wir sehen, wie er als König die Treppe zu seiner Residenz hinaufging. Mit seinen kurzen Beinen stieg er Stufe um Stufe empor. Er pustete ein wenig. Oben angekommen, lächelte er, was man bei ihm nicht sehr oft sehen konnte.

Um zu erklären, wie er so hoch hatte steigen können, müssen wir einige Jährchen zurückgehen. Als junger Tischler ohne Arbeit – lange vor dem großen Krieg – hatte Dederow auf den Straßen Bärenburgs herumgelungert, sich in seinem ärmlichen Jackett durchs Leben geschlagen, bis er einen Freund traf. Dieser sagte: »He, komm doch mit. Ich kenne da einige Leute, von denen kannst du noch was lernen.«

Und so geriet Dederow in einen Kreis von Leuten, die alle in ärmlichen Jacketts umherliefen. Diese Leute hatten etwas Verschwörerisches an sich. Sie trafen sich in Hinterzimmern und schwärmten für das Land des roten Marschalls fern im Osten, wo – wie man hörte – das Paradies sein sollte. Ein Land ohne Arme und Reiche, ein Land mit billigen Wohnungen, Schulen und Arbeit für alle. Die Vorstellung von einem solchen Land begeisterte Leute, die auf der Straße oder in kalten Löchern ohne Möbel hausen mussten, so sehr, dass sie für dieses Land durchs Feuer gelaufen wären. Der junge Dederow schwor sich damals, sein Leben dieser neuen Welt zu widmen. Er las die Bücher des roten Marschalls, in denen stand: Ihr müsst die Regierung in eurem Land stürzen! Ihr müsst die arroganten Butterfabrikanten davonjagen!

Der kleine Tischler fuhr sogar in das ferne Land des roten Marschalls und besuchte dort die Schule für Welterneuerer. Dort zeigte man ihm all die Dinge, die ihn begeistern sollten: große Felder mit lachenden Bauern, große Fabrikhallen mit stolzen Arbeitern, große Häuser mit Türmen, auf denen Fahnen flatterten. Alles war groß, breit, ausladend. Die windschiefen Holzhäuser, schmutzigen Hinterhöfe, hungernden Leute und engen Gefängnisse zeigte man ihm nicht. An der Welterneuerer-Schule traf er auch Gertrud, seine spätere Frau. Das erste Mal in seinem Leben fühlte er sich am richtigen Platz, ja vielleicht sogar glücklich. Nach und nach gewöhnte er sich an, wie der rote Marschall zu denken und zu sprechen. Er wurde so ausnehmend gut darin, dass der rote Marschall, der seine Augen und Ohren überall hatte, sich diesen Tischler schon einmal vormerkte.

Wenn zum Beispiel irgend jemand – was sehr leichtsinnig war – gegen die gewalttätigen Methoden des roten Marschalls einen klitzekleinen Einwand erhob, dann sagte Dederow mit großer Geste: »Wo gehobelt wird, fallen Späne – nu!?« Das »Nu!?« war ein Zusatz, den sich Dederow beim roten Marschall abgehört hatte. Oder Dederow deklamierte: »Man muss das Volk zu seinem Glück zwingen.« Das war auch ein Lieblingssatz des Marschalls. Als der großmächtige rote Marschall schließlich siegreich in Bärenburg einmarschierte, war schon klar, wen er sich als seinen Statthalter aussuchen würde: Der kleine Tischler sollte in Bärenburg die neue Welt aufbauen.

Und nun stand er da, der frisch gebackene König. Von heute an hatte er in dem neuen Reich im Osten Bärenburgs die Krone auf. Von der hohen Treppe aus schaute er in die Runde. Seine Residenz besaß ein großes Haupthaus mit Balkon und Turm. Vor ihm erstreckte sich ein freier Platz, dahinter ein Park. Dederow blickte auf seine jubelnden Anhänger. Der rote Marschall nickte ihm aufmunternd zu. Dederow streckte seinen Arm in die Ferne, in der er einst als hungriger Landstreicher umhergezogen war, und rief: »Hier soll das Paradies des Volkes entstehen! Keiner soll mehr hungern müssen – nu!? Unsere Kinder sollen im Glück aufwachsen, und eines nicht ganz fernen Tages soll ganz Bärenburg dem Volk gehören!« Die Anhänger jubelten. Dederow pumpte die Luft tief in seine Lungen. Der untersetzte Mann mit seinem spitzen Kinnbärtchen und der beginnenden Glatze auf dem großen Schädel sah in dem Anzug, den man ihm genäht hatte, wie ein richtiger kleiner Staatsmann aus. Im Knopfloch trug er eine Nelke. Er reckte die Faust und schrie: »Nieder mit König Bundislaus, dem feisten Buttersack! Nieder mit General Genny und der Welt der Reichen!«

Der Schaufenster-Coup

Wo bleiben nun die beiden Königskinder, um die es hier gehen soll? Gemach, es dauert nicht mehr lange. Zunächst müssen unsere beiden Könige erst einmal ihre Arbeit tun. Sie müssen umherfahren, ihre Fäden ziehen. Königin Sophia, die Elegante, wurde ein beliebtes Fotomotiv für die neuen Illustrierten. Sie half ihrem Mann allein durch ihr selbstbewusstes Strahlen, das Image des Aufbruchs und des Wohlstandes zu verbreiten.

Gertrud, Dederows Frau, die er an der Welterneuerer-Schule kennengelernt hatte, konnte da nicht mithalten. Sie trug keine eleganten Kleider, keine Nylonstrümpfe mit Naht und auch keine Pelzkappen. Man sah sie stets in einem einfachen grauen Kleid umherlaufen, und Dederow nannte sie »Trulla« – was für ein Kosename für eine Frau! Dennoch war sie sehr beliebt. Sie hörte zu, kümmerte sich um andere, half und tröstete gern. Das war nun mal ihre Art. Während sie die Frauen von befreundeten Welterneuerern durch die Residenz führte, fuhr Dederow durchs Land, um mit Macht Tatsachen zu schaffen und die neue Welt der großen Gleichheit und Gerechtigkeit aufzubauen.

Noch war der endgültige Bruch zwischen den Reichen Bundislaus' und Dederows nicht vollzogen. Noch hofften viele Bärenburger, dass ihr Land wieder eins werde. Auch die beiden Könige redeten davon. Aber sie sprachen nicht miteinander, sondern über die Mikrofone ihrer Radiosender. »Bärenburg gehört zusammen«, rief Dederow und plusterte sich auf. »Aber ohne diesen Bundislaus! Leute wie er passen nicht mehr in ein einheitliches Bärenburg.«

»Es gibt nur ein einziges Hindernis für ein neues, großes Bärenburg«, schimpfte Bundislaus zurück, »und das ist dieser Dederow! Was bildet sich dieser dahergelaufene Taugenichts eigentlich ein?«, fragte er wütend. Als er sich wieder beruhigt hatte, setzte er sich in seinen Lehnstuhl, rauchte sein Pfeifchen und klappte den Deckel seiner goldenen Uhr auf – ein Geschenk seines Großvaters. »Alles in Butter«, stand dort eingraviert. Das Familienmotto der Butterdynastie, hundert Jahre alt. Was bedeutete dagegen das Gekeife dieses Dederows?

König Bundislaus blickte über die Stadt, in die Ferne, wo die Grenze zu Dederows Reich lag. Es hatte eine seltsame Bewandtnis mit dieser Grenze. Sie war offen. Jeder konnte durch sie hindurchlaufen. Für die Menschen in Bärenburg war das gut. Denn die Großmächtigen hatten bei der Teilung Bärenburgs nicht gefragt, wo eigentlich die Familien wohnten, die zusammengehörten. Die Grenze ging mitten durch die größte Stadt. Die Großmütter lebten auf der einen, die Enkel auf der anderen Seite. Die Grenze trennte Cousins von Cousinen, Tanten von Neffen, Ehemänner von Schwiegermüttern, ja sogar Geliebte von Geliebten. Mancher arbeitete sogar in Bundislaus' Reich und lief abends wieder nach Dederows hinüber.

Wenn man die Leute so hin- und herlaufen sah, dann mochte man gar nicht glauben, dass zwischen den beiden Teilen Bärenburgs ein tiefer Graben sein sollte. Er hatte keine steilen Wände und führte kein Wasser. Aber es war dennoch ein Graben. Mit jedem Tag vertiefte er sich ein Stückchen mehr.

Bundislaus war sich nicht sicher, wie der Streit mit Dederow enden würde, hinter dem mächtig und drohend der rote Marschall emporragte. Also fuhr er zu General Genny, um sich mit ihm zu beraten. Genny wohnte nur wenige Häuser von seiner Residenz entfernt in einer Villa. Ein Soldat öffnete die Tür, und Genny kam leutselig herbei. »He, little King von meinen Gnaden«, rief er laut und haute dem vornehmen Mann auf die Schulter. Er liebte solche Scherze. Er war auch der Einzige, der sich erlauben durfte, hemdsärmelig mit König Bundislaus umzugehen. Immerhin war er ein Großmächtiger und musste seinen Schild schützend über Bundislaus halten. Er holte eine Flasche Whisky aus der Anrichte und ein paar Gläser.

Bundislaus kam schnell zur Sache: »General, ich komme wegen König Dederow«, sagte er. »Die ganze Sache macht mir Sorgen.« Genny goss sich ein Glas Whisky ein und sagte trocken: »Uns auch, lieber Bundy.« (Er sagte »Bandi«.) »Die Sache nimmt noch einen schlimmen Ausgang«, verkündete Bundislaus sorgenvoll. »Am Ende schmelzen unsere Pläne noch wie Butter in der Sonne.« (In Buttergleichnissen zu reden, war Bundislaus' Familientick, vererbt wie die goldene Uhr des Großvaters.)

General Genny seufzte und trank ein Schlückchen Whisky, dann sank er in seinem Stuhl etwas tiefer, knöpfte die obersten Hemdknöpfe auf und wuchtete die Beine auf den Tisch. »Sorry, Bundy«, sagte er, und er dachte: Ach, nichts als Ärger mit diesem Bärenburg, diesem verkorksten zerstrittenen Land! Wenn sich die beiden Könige plötzlich die Köpfe einschlugen? Was mache ich dann? Ich bin doch schließlich hier, um die ganze Story unter Kontrolle zu halten. Außerdem muss ich bei jedem Schritt überlegen: Was wird der rote Marschall machen? Will er ganz Bärenburg verschlingen und seiner neuen Welt angliedern, dann muss ich wohl oder übel meine Soldaten in Bewegung setzen. Begnügt er sich aber damit, seinen König Dederow zu unterstützen und seinen Teil Bärenburgs so umzubauen, wie er will, dann muss ich mich damit abfinden.

»Ich kann gar nichts tun«, brummte Genny. »Hauptsache ist, dass der rote Marschall und sein König Dederow nicht die Grenze bedrohen.«

»Können wir unsererseits nicht ein bisschen Druck machen?«, fragte Bundislaus.

»He, Bundy«, erwiderte General Genny, das Glas mit

dem funkelnden Whisky in der Hand, »wir können alles tun. Wir können mit dem Säbel rasseln und an der Grenze hin- und her marschieren. Aber was nützt das? Wir kennen doch den roten Marschall. Der lässt sich doch von so was nicht einschüchtern.«

»Was machen wir aber nun?«, fragte Bundislaus. »Wir müssen doch endlich eine Entscheidung treffen, ehe der uns unterbuttert!«

»Schauen wir uns doch erst einmal an, wie es dort drüben aussieht«, schlug General Genny vor. Er legte einen Fuß über den anderen.

»Dieser König Dederow baut heftig an der neuen Welt, wie er sie selbst bezeichnet, und er besitzt genügend Anhänger. Ein großes Problem hat er jedoch …«

»Und welches?«, fragte Bundislaus.

»Der rote Marschall schützt ihn zwar«, sagte General Genny, »er hat gute Soldaten, aber – und hier kommt der Haken – die haben selbst nichts zu fressen.«

»Also kann der rote Marschall nicht viel zubuttern!«, sagte Bundislaus.

»Treffend gesagt, lieber Bundy. Die Lage in Dederows Land ist mies. Er hat alle Butterfabrikanten enteignet. Alle Fabriken gehören nun dem Volk, behauptet er. So schnell wie möglich will er seine neue Welt bauen. Er schickt seine Leute zu den Arbeitern in die Fabriken, und die rufen: Schneller arbeiten! Aber viele Fabriken haben nur uralte Maschinen, und die Arbeiter murren schon. Sie schaffen es nicht so schnell. Die Bauern wiederum müssen ihr Vieh, die Traktoren und Pflüge auf einem großen Hof zusammentun und eine Gemeinschaft gründen. Auf großen Feldern und in riesigen Ställen sollen sie viel mehr Brot, Fleisch, Milch und Butter produzieren als unsere. Aber auch das klappt nicht so richtig.«

»Die Sache geht also nach hinten los!«, frohlockte Bundislaus. »Dieser ungehobelte Tischler hält sich also nicht mehr lange. Bald ist er weg, wie geschmolzene Butter!«

»Moment, Moment. Nicht so voreilig, Bundy!«, beruhigte ihn General Genny. »Noch ist es nicht so weit. Die Unzufriedenheit ist groß. Viele Leute laufen fort. Andere rufen schon: ›Der Spitzbart muss weg!‹ Doch mit Hilfe des roten Marschalls kann sich Dederow weiter im Sattel halten.«

»Aber weg muss er!«, schrie Bundislaus, und sein Backenbart hüpfte. »Weg, weg, weg!!! Da fliegt doch dem Butterfass der Boden raus! Ich will nur noch Margarine fressen, wenn der ganze Spuk nicht bald vorbei ist! Denn wir sind viel, viel besser! Unsere stolze Geschichte ist hundert Jahre alt!«

General Genny grinste: »Ja, gewiss, mein lieber Bundy. Und wir sind auch nicht so arm dran wie der rote Marschall. Wir können unserem König Bundy Bundislaus natürlich reichlich helfen.« Er rieb sich die Hände und griff nach einer Zigarre. »Machen wir also einen Plan.« Und Bundislaus freute sich: »Nun kommt endlich Butter bei die Fische.«

Zusammen schmiedeten sie den Plan, König Dederow noch mehr zuzusetzen und zugleich Bundislaus' Reich endgültig zum Blühen zu bringen. Um den roten Marschall zu ärgern, nannten sie ihren Plan »Marschallplan«. General Genny versprach, König Bundislaus kräftig unter die Arme zu greifen. Neue Maschinen wollte er liefern, schöne Kleider, Zigaretten, Schokolade, Kaffee, Kakao, Schinken, Apfelsinen, Bananen, guten Wein, feine Strümpfe – all das, was der rote Marschall seinem König Dederow nicht beschaffen konnte, sollte sich in den Schaufenstern von Bundislaus' Reich türmen. »Butterberge müssen her!«, rief Bundislaus voller Begeisterung. »Unsere Leute sollen es am besten von allen haben!«

So geschah es. Vieles, was plötzlich in den Schaufenstern auftauchte, hatten die Bärenburger noch niemals gesehen. König Dederow, der seinem Volk nichts Vergleichbares bieten konnte, geriet immer mehr in Bedrängnis. Er bekniete den roten Marschall, doch irgend etwas zu tun. Es musste schnell etwas passieren! Unweigerlich näherte sich das schlimme Jahr.

Eine Mauer teilt Bärenburg

Erst einmal jedoch gab es gute Nachrichten. Endlich – wir warteten schon darauf – wurde den beiden Königinnen ein Kind geboren, dazu noch fast zur selben Zeit. Nun erscheinen sie in unserer Geschichte: Beatrice, die kleine Tochter des Königs Bundislaus, und Daniel, der Sohn des Königs Dederow. In beiden Häusern erhellte ein kleiner Freudenstrahl den vom Streit vergifteten Alltag. Ach, was war das für ein Bild, wenn die Amme den nagelneuen Kinderwagen mit dem kleinen Bündelchen Beatrice durch den Park schob. Hinter ihr schritt die elegante Königin Sophia, noch schöner und strahlender als zu Beginn unserer Geschichte. Sie besaß inzwischen viel mehr modische Kleider, Strümpfe, Hüte mit goldenen Schleifen, Schuhe mit silbernen Schnallen und nicht etwa nur eine Krokodiledertasche, sondern Taschen aus Leder aller Arten, Pumps aus Schlangenhaut, Nerz-, Biber- und Kaninmäntel, Kappen aus Schneeleopardenfell. Die armen Tiere hatten ihr natürlich nichts getan. Dennoch gehörten solche Dinge damals zum Leben wohlhabender Leute. Und nicht wenige Menschen im Lande des Königs Bundislaus waren jetzt wohlhabend. Die Butterfabriken liefen auf Hochtouren.

Die kleine Beatrice, nun schon bald ein halbes Jahr alt, wurde nicht einfach wie kleine Kinder früher mit Grießbrei gefüttert – nein, es standen zwei Dutzend Sorten Brei zur Auswahl. Mehrere Firmen wetteiferten im Lande König Bundislaus' darum, wer am meisten Babybrei verkaufte. Es fehlte nicht viel, und ein Strom süßen Breis wäre durch das Land gequollen und hätte Straßen, Felder und Flüsse verstopft. In den Kaufhäusern und Läden türmten sich die Waren bis zur Decke. Es gab nahezu alles in Dutzenden Sorten. Und jeder, der mit Erfolg irgend etwas verkaufte, konnte wohlhabend werden. König Bundislaus' Reich war zum Wunderland geworden, und die Menschen fragten sich nicht etwa: Moment mal, wozu brauchen wir das alles? Haben wir nicht eben noch an einem harten Brotkanten geknabbert, froh, noch am Leben zu sein? Nein, auch jene, die sich nicht viel leisten konnten, die auf der Strecke blieben bei der Jagd um den großen Wohlstand, auch jene standen staunend vor den Schaufenstern und sagten zu sich: »Alle Achtung! Was wir uns alles leisten können – dank General Genny und König Bundislaus! Wir sind jetzt wieder etwas wert.« Und zwar genau so viel wie das neue Geld, die Bundis-Taler, die funkelnd und glänzend in ihren Händen lagen. Wer auch nur ein bisschen davon besaß, ging mit stolz geschwellter Brust durch die Landschaft. Und selbst der Geringste in König Bundislaus' Reich blickte verächtlich hinüber zu König Dederow und seinem Volk, die das schöne neue Funkelgeld nicht besaßen.

Dort schob Königin Gertrud, die Frau Dederows, den Kinderwagen eigenhändig durch den Park. Drinnen lag der kleine Daniel. Seine großen Augen blickten auf die vorüberziehenden Baumkronen, und sie wurden noch größer, wenn er ein Eichhörnchen springen oder einen Vogel von Ast zu Ast hüpfen sah. Ihm war egal, was in der Menschenwelt um ihn her geschah, ob er mit einer einfachen Stoffwindel oder einer buntbedruckten Wegwerfwindel gewickelt wurde. Ihm war auch egal, was seinen Papa quälte. König Dederow blickte ab und zu in den Kinderwagen. Sein runder Kopf mit der Glatze und dem Kinnbärtchen wirkte so lustig, dass das Baby Daniel fröhlich mit den Ärmchen fuchtelte. Aber in Dederows Kopf sah es überhaupt nicht lustig aus. Er hatte Probleme über Probleme. Allein in diesem Jahr waren ihm viele tausend Menschen weggelaufen, ins Nachbarreich zu Bundislaus. Er stapfte aus dem Park zurück in seine Residenz und schloss sich in seinem Arbeitszimmer ein. »SCHON WIEDER TAUSEND WEGGELAUFEN«, stand dort auf einem Papier, das ihm sein engster Mitarbeiter, Intimus Stasius, auf den großen Schreibtisch gelegt hatte. »Wir müssen ENDLICH etwas tun!!!«

Warum nur laufen sie weg?, fragte sich König Dederow. Er setzte sich an seinen Schreibtisch und stützte den Kopf in die Hände. Er war bitter enttäuscht von seinem Volk. Hatte es denn vergessen, wie viele von ihm vor einigen Jahren noch auf der Straße leben mussten, weil sie eine Wohnung nicht bezahlen konnten? Hatte es vergessen, wie viele sich einst nicht einmal eine dünne Suppe leisten konnten? Ich biete Arbeit für alle, dachte Dederow. Ich biete Gerechtigkeit. Was aber tut mein Volk? Es schielt zu den bunten Schaufenstern in Bundislaus' Reich.

Dederow verachtete alle bunten Waren, die aus Bundislaus' Reich kamen. Für ihn waren sie nur dazu da, sein Volk zu blenden. Das hielt ihn jedoch nicht davon ab, hin und wieder das eine oder andere zu probieren. Ich muss informiert sein, dachte er. Im Gegensatz zu seinem Volk verfügte Dederow auch über eine vergleichsweise große Kasse mit Bundis-Talern. Intimus Stasius konnte alles heranschaffen, was es nur irgend gab.

Einmal besorgte er ihm ein herrliches Bier aus dem Reich der bunten Waren, und das ließ Dederow natürlich nicht schlecht werden. Er setzte sich hin, tat ein paar tiefe Schlucke und sagte dann: »Das ist doch ein gutes Bier – nu!?« Und er fragte: »Warum können wir nicht auch so ein gutes Bier machen?«

Intimus Stasius lächelte dünn. »Wir können«, sagte er. »Dieses Bier ist sogar von uns. Aber wir müssen das gute, gute Bier ganz billig an König Bundislaus verkaufen. Für zehn Flaschen kriegen wir gerade mal einen Bundis-Taler.«

»Wie? Was? Ich muss mein gutes Bier an diesen Schmarotzer verkaufen? Warum trinken wir es nicht selbst?«, fragte König Dederow, der von Wirtschaft keine Ahnung hatte.

»Wir brauchen die Bundis-Taler dringend«, erklärte Stasius, »denn wir müssen mit diesem Geld bei König Bundislaus einkaufen.«

»Wie? Was müssen wir einkaufen? Haben wir nicht alles selbst?«, fragte Dederow, der lange nicht mehr in einem normalen Laden vorbeigeschaut hatte. »Einkaufen? Bei meinem ärgsten Feind?«

»Ja, Exzellenz. Leider, leider«, sagte Intimus Stasius. »Butter müssen wir einkaufen. Das Volk will nun mal Butter.«

»Wir müssen von dem fetten Bundislaus Butter kaufen?« rief Dederow und sprang entsetzt von seinem Stuhl auf. »Was machen denn unsere Bauern den ganzen Tag?«

»Ja, die buttern. Aber es reicht nicht. Das läuft noch nicht so richtig mit den großen Gemeinschafts-Bauernhöfen. Früher hatte jeder Bauer seine Kuh, und jeder musste zum Ersten des Monats seine Butter abliefern. Aber heute gehören die Kühe allen, dem ganzen Dorf. Und da sagt mancher: Was geht's mich an? Ist ja nicht mehr meine eigene Kuh! Ich kriege ja keine Strafe, wenn wir nicht genügend Butter abliefern. Die Strafe kriegt ja nur der Chef des Hofes. Trallali, trallala …«

»Dann muss man den Chef eben noch härter rannehmen, damit er seine Leute besser im Griff hat! Das ist doch Sabotage! Wie kann man mich so bloßstellen, dass ich bei meinem ärgsten Feind Butter kaufen muss?«

»Oj oj oj oj«, erwiderte Stasius, »ich würde ja gerne ein paar Leute mehr einsperren. Aber irgend jemand muss ja noch arbeiten. Außerdem müssen wir auf die Laune der Bauern aufpassen. Viele sind schon sauer, weil wir ihnen die Kühe genommen und in einen gemeinsamen Stall gestellt haben.«

»Aber ich habe es doch nur gut gemeint«, rief König Dederow, in seiner Ehre getroffen. »Früher mussten die

Bauern den ganzen Tag rackern, und zwar für einen fremden Herren, den Gutsbesitzer – nu!? Und heute? Heute sind sie frei. Ich habe sie von ihrem Gutsbesitzer befreit. Ich, der Tischler-König Dederow! Heute können sie sich ihre Arbeit teilen, können sich abwechseln, zwischendurch auch mal in den Urlaub fahren. Und plötzlich fangen sie an zu schlampern – was?«

»So sind die Menschen«, sagte Intimus Stasius.

»Dann sollen sie eben nicht mehr so viel Butter fressen«, entgegnete Dederow trotzig.

»Exzellenz, wenn es keine Butter mehr gibt, dann laufen uns nicht nur die Bauern weg, sondern auch die Leute aus der Stadt.«

Man konnte es drehen und wenden – es blieb eine verfahrene Kiste.

Lange saßen König Dederow und Intimus Stasius in dieser Nacht beisammen. Hinter den dicken Mauern der Residenz, deren Wachposten man verdoppelt hatte, konnten sie ungestört reden. König Dederow ahnte, dass ihm nicht mehr viel Zeit blieb. Stasius erzählte ihm all die haarsträubenden Geschichten, die ihm seine vielen Zuträger berichtet hatten. Nicht Tausende, nein Zehntausende Leute seien bereits weggelaufen. Viele andere Menschen versuchten auf allen möglichen Wegen, an die begehrten Bundis-Taler heranzukommen. Denn wenn man sie hatte, konnte man über die Grenze gehen und in den Läden mit den bunten Schaufenstern einkaufen. »Manche Leute würden dafür sogar ihre Großmutter verhökern«, sagte Stasius. Seine Greifer, überall im Lande verteilt, hätten Leute erwischt, die durch die Wälder schlichen und Hunderte Silberlöffel, Ferngläser, Schreibmaschinen, ja sogar eine ganze Kuhherde ins Reich des Bundislaus brachten, um sie dort zu verkaufen. Auf der anderen Seite warteten schon die Händler und freuten sich über ihr »Schnäppchen«, denn wo bekam man schon eine Kuhherde für ein paar Taler.

Intimus Stasius erzählte, dass man mittlerweile für einen Bundislaus-Taler zehn Dederow-Taler bekäme. Ein Mensch, der also über die Grenze herüber käme, könnte für zwei Bundislaus-Taler zehn Bockwürste essen und sich danach noch beim Friseur die Haare ondulieren lassen.

»O weh, o weh, was mach ich bloß?«, jammerte König Dederow.

Was blieben ihm denn für Wege? Zurücktreten? Alles wieder rückgängig machen? Das Projekt der neuen Welt abblasen? Der rote Marschall würde ihm befehlen: Bleib auf deinem Posten! Sollte Dederow vielleicht König Bundislaus um Hilfe bitten? Das kam gar nicht in Frage. Welch eine Schmach! Es gab nur einen Weg: Die Flut der Leute, die aus dem Lande strömte, musste irgendwie gestoppt werden.

Und so grübelten sie stundenlang. Aus einem Nebenraum hörte man das Schreien des kleinen Daniel. Man hörte, wie Königin Gertrud mit heller Stimme ein Kinderlied sang. Vor dem Fenster dämmerte ein bläulicher Lichtschein herauf, die Amseln begannen zu zwitschern, als habe man sie von einer Zentrale aus angeschaltet. Der frühe Morgen zog herauf, und plötzlich sagte Intimus Stasius: »Wir hätten schon lange dichtmachen sollen.«

»Was?« fragte Dederow, der kurz weggenickt war.

»Na, die Grenze«, sagte Stasius.

König Dederow war plötzlich hellwach. »Ich Rindvieh!«, rief er. »Dass ich das nicht schon früher getan habe! Natürlich! Wir müssen die Grenze dichtmachen.« Er griff über seinen Tisch zum Hörer des knallroten Telefons. »Der rote Marschall muss mir grünes Licht geben.« Dederow war mit einem Schlag voller Tatkraft. Am anderen Ende der Direktleitung meldete sich der rote Marschall. Er war brummig, weil er aus dem Schlaf gerissen worden war. Was bildet sich dieser König Dederow nur ein?, dachte er. Ohne ihn und seine Soldaten wäre er gar nichts. Und er fragte angesäuert, was es denn so Dringendes in dieser frühen Morgenstunde zu besprechen gebe.

König Dederow trug seine Bitte vor, und er war erschrocken, als er vom anderen Ende vernahm: »Grenze dichtmachen? Nix da!«

»Oje, o je, warum denn nicht?«, fragte Dederow. »Nur ein kleines Mäuerchen, bitte!«

»Eine Mauer? Das sieht ja so aus, als ob wir nicht anders könnten«, sagte der rote Marschall. »Ich will mir die Zukunft Bärenburgs offenhalten. Vielleicht ergibt sich ja mal die Gelegenheit, und General Genny wird schwach. Dann kann ich vielleicht auch den anderen Teil von Bärenburg noch einsacken. Wer weiß. Wenn ich aber jetzt eine Mauer baue, verbaue ich mir damit auch alle Wege. Gespräch Ende.«

König Dederow seufzte. So rechneten die Großmächtigen der Welt, dachte er. Enttäuscht legte er auf. Er sank regelrecht in sich zusammen. Sah der rote Marschall denn nicht, wie des Königs Macht wackelte? Die Menschen liefen fort, darunter Ärzte und Baumeister, die dringend gebraucht wurden. Im Reiche Bundislaus' zählte man schon seine Stunden. An den folgenden Tagen rief König Dederow unermüdlich beim roten Marschall an. Intimus Stasius belieferte ihn mit frischen Spitzelmeldungen. Denen zufolge hatte man König Bundislaus am hellerlichten Tage an der Grenze gesehen, wie er mit ausgestreckter Hand auf Dederows Reich wies und rief: »Das hole ich mir alles zurück!« Bundislaus' Leute hätten sich überall eingeschlichen und hetzten die Bärenburger gegen Dederow auf, sagte Stasius. Sie kauften für ein paar Groschen ihres Supergeldes auch noch die letzten Buttervorräte weg. Dederows Volk stand kurz vor dem Aufstand.

Der rote Marschall wand sich. Er sammelte die schlechten Nachrichten, befragte seine eigenen Spione und musste schließlich begreifen, dass er dabei war, in Bärenburg alles zu verlieren. Als König Dederow ihn am nächsten Tag anrief, sagte er zähneknirschend: »In Ordnung, du kannst deine Mauer bauen.« Auf diesen Wink hatte Intimus Stasius nur gewartet. Er war nicht nur ein guter Lauscher, sondern auch ein talentierter Strippenzieher. Von einer Stunde auf die andere richtete er in der Residenz sein Hauptquartier ein. Alle Fäden liefen bei ihm zusammen, und König Dederow staunte über Stasius, der eine nicht gekannte Energie entwickelte. Wenn ich meinen Intimus nicht hätte, dachte Dederow.

Alles geschah wie von Zauberhand in einer einzigen Sommernacht. Die Bärenburger schliefen ahnungslos in den Sonntag hinein. Sie träumten von ihren kleinen Gärten, von Ausflügen zum See. Die wenigen aber, die nicht schlafen konnten und aus dem Fenster schauten, trauten ihren Augen nicht. Um Mitternacht marschierten plötzlich tausend Soldaten auf. Tausend Polizisten des Intimus Stasius stellten sich neben ihnen an der Grenze auf. Tausend Bauarbeiter, die eigentlich neue Häuser für die Bärenburger bauen sollten, kamen mit Zementwannen und Wagen voller Steine heran. In Windeseile wuchs eine Mauer empor, mitten durch Bärenburg. Die Wachleute, die in Bundislaus' Reich ihren Rundgang machten, blieben vor Schreck wie versteinert stehen, als sie diese Mauer erblickten. König Bundislaus fiel aus dem Bett, als das Telefon klingelte und er mitten in der Nacht erfuhr, was vor sich ging. Er eilte im Bademantel die Stufen seiner Residenz hinunter. Unten wartete schon General Genny. Mit dem Wagen ging es im Eiltempo an die Grenze. Entgeistert starrte Bundislaus auf die Wand, die da vor ihm emporwuchs. Er geriet völlig aus dem Häuschen, als ihm ein Soldat Dederows von der anderen Seite her eine Nase drehte.

»Aber das ist ja der Hohn!«, rief er. »Machen Sie was, General Genny! Holen Sie Ihre Soldaten! Reißen Sie diese schreckliche Mauer ein!«, schrie er.

Genny, sonst locker und zu Scherzen aufgelegt, war blass geworden. Er versuchte Haltung zu bewahren, aber er zitterte. Langsam, Schritt für Schritt, näherte er sich dem grauen Ungetüm. Er zuckte zusammen, als man ihn von der anderen Seite her über einen Lautsprecher anbellte. Langsam, Schritt für Schritt, ging er wieder zurück. Hinter ihm tönten aus dem Lautsprecher quäkend die höhnischen Verse der Dederow-Soldaten:

»Genny-Man und Bundislaus!
Jetzt ist hier der Ofen aus!
Euer Reichtum, Genny,
Zählt hier keinen Penny!
Jetzt ist Schluss, nun flucht und droht!
Klappe zu und Affe tot!«

Das war zwar nicht sehr gut gedichtet, aber dreist genug, um jemanden bis zur Weißglut zu reizen. General Genny drohte mit der Faust. Hinter der Mauer ertönte höhnisches Gekicher. Mit heiserer Stimme wiederholte König Bundislaus sein Flehen: »Machen Sie doch was, General Genny! Holen Sie Bulldozer, Soldaten!« Der General erlebte zum ersten Mal in seinem Leben einen Anflug von Ohnmacht. Er zuckte mit den Schultern und sagte niedergeschlagen: »Ich hab's mir angesehen. Die haben genau hinterm Grenzstrich gebaut. Die Mauer steht auf ihrer Seite. Wir können sie nicht einreißen. Sonst gibt's Krieg.«

In derselben Nacht stand König Dederow mit glühenden Wangen und geballten Fäusten auf dem Balkon seiner Residenz. Tief atmete er ein, im Bewusstsein seiner Macht. Eine Mauer trennte nun sein Reich von dem des Königs Bundislaus. Was nicht zusammenpasste, war eindeutig geschieden. Er, König Dederow, würde nun ungehindert seine Pläne verwirklichen können und die neue Welt der Gleichheit und Gerechtigkeit bauen, so wie er sie verstand. In derselben Nacht hielten überall an der Grenze die Züge an. Die Menschen, die so spät noch unterwegs waren, mussten aussteigen. Entsetzt blickten sie auf die Männer, die große Steinklötze auf die Schienen hievten. »Alles umkehren!«, rief ein Offizier.

Der Morgen dämmerte herauf, und es wurde ein trauriger Sonntag. Die Leute standen auf der Straße und starrten auf die Mauer. Sie war grau, sie war hässlich, aus groben Steinen und Beton gefügt. Sie zog sich über hundert Kilometer mitten durch Bärenburg. Sie durchschnitt Straßen, Wege, Parks, Laubenkolonien, Höfe. Sie sperrte den Zugang zu Ufern und Brücken, sie teilte Häuser. Ein Junge, der mit einem Geburtstagskuchen zu seinem Freund auf die andere Straßenseite gehen wollte, stand plötzlich vor dieser Wand und konnte nicht hinüber. Eine Großmutter stand winkend auf der anderen Seite, ein Taschentuch in der Hand. Der Weg zu ihren Enkeln war abgeschnitten. Andere konnten nicht mehr zu ihrer Geliebten oder am Montag nicht mehr zu ihrer Fabrik gehen. Die Leute fluchten, weinten, schüttelten die Fäuste. Sie warfen mit aller Kraft Steine gegen die Mauer, aber das graue Ungetüm war härter. Es fiel nicht um, was man auch immer anstellte. Die Soldaten drohten finster jedem, der sich dieser Mauer auch nur näherte. Daniel und Beatrice, den Königskindern auf beiden Seiten der Mauer, war das egal. Sie schliefen in ihren Wiegen und hatten nichts mitbekommen von der Aufregung rings umher.

Onkel Stasius und das Grinsen des Krokodils

Die Jahre vergingen. Daniel und Beatrice wuchsen heran, und jedes Kind rief auf seine Weise Entzücken hervor. Ihre Väter hatten nicht darin nachgelassen, einander über die Mauer hinweg zu verfluchen. Doch was ging das die Kinder an? Eine Mauer? Die gab es in ihrer Welt gar nicht. Es gab Residenzen mit hohen Bäumen, breiten Treppen, großen Balkonen. Es gab Köche und Gärtner, Fahrer und Bewacher, fremde Onkels in dunklen Anzügen, die hin und wieder bei den Vätern erschienen. Hinter den Büschen und Zäunen ihrer Residenzen lag die laute Wirklichkeit, die Welt der Dampflokomotiven, Kohlenöfen und Doppelstockbusse, von denen die Kinder nicht viel mitbekamen. Noch unterschieden sich die Reiche diesseits und jenseits der Mauer nicht allzu sehr. Was Schaufenster und Werbetafeln betraf, gab es gewiss große Unterschiede. Doch ansonsten ähnelte sich vieles noch immer. Die Straßen waren mit Kopfsteinen bepflastert. Schmutzverschmierte Männer schippten Kohlen von einem Wagen in Körbe, die sie sich auf den Rücken luden, um sie in einen Hauskeller zu schaffen. Auf dem Dach balancierte ein Schornsteinfeger. Für Kinder war es aufregend zu sehen, wie er den Besen mit der Kugel an einem langen Seil in den Schornstein fallen ließ und geschickt das Seil wieder aufwickelte. Manchmal winkte er, bevor er über die Dächer weitertänzelte.

Auf der Kreuzung stand ein dicker Polizist mit weißen Ärmelüberzügen und regelte mit einem schwarz-weißen Stab den Verkehr. Eine Ampel gab es noch nicht. Ein Altstoffhändler, der Flaschen, Gläser und alte Zeitungen sammelte, zuckelte mit seinem Pferdefuhrwerk vorbei. In der Straßenbahn, die um die Ecke kam, stand der Schaffner. Er trug einen großen Geldwechselkasten vor dem Bauch. Der Fahrer, vorne im Häuschen, bimmelte und drehte an einer Kurbel. Manchmal fuhr auch der Laternenanzünder auf einem Moped vorbei. Er hatte eine lange Stange bei sich, um Gaslaternen, die nicht kräftig leuchteten, wieder in Gang zu bringen. Hin und wieder kam auch der Eismann. Er lieferte große Blöcke Eis in die Wohnungen. Das war nicht etwa zum Essen gedacht, sondern es kam in einen Bottich im Eisschrank unterm Fenster und sollte die Wurst und den Käse kühlen. Einen Kühlschrank besaßen nur wenige Menschen. So sah die Welt aus, von der die beiden Königskinder zwar hin und wieder einen Zipfel erhaschten, aber alles in allem nicht viel wussten.

Schneller als uns lieb ist, begannen sich ihre beiden Reiche jedoch auseinanderzuentwickeln. Im Lande Bundislaus' zog die Bequemlichkeit ein. Die Fabriken wetteiferten darum, wer den Menschen das Leben am angenehmsten machen konnte. Kühlschränke, Fernseher, Autos, Rasenmäher, Waschmaschinen, Rührgeräte und Haartrockner liefen ohne Pause von den Bändern – immer billiger und darum von immer mehr Leuten zu haben. Wohlstand hieß das Wort, mit dem die kleine Beatrice aufwuchs. Er erklang im Radio und im Fernsehen und schien das Wichtigste zu sein, für das die Leute im Reich ihres Vaters lebten. Der Bundislaus-Wahlspruch »Alles in Butter« hatte sich nun erfüllt, glaubten viele. Und wer sich diesen Wohlstand nicht leisten konnte, der strebte danach oder träumte davon. Das Zimmer der kleinen Beatrice war bis zur Decke vollgestopft mit Puppen, Plüschtieren und einem großen Schloss, in dem kleine Teddys lebten. Sie waren als König, Königin, Prinzessin, Amme und Diener angezogen. Mit ihnen konnte Beatrice ihr behütetes, sorgloses Leben nachspielen.

Was scherte die Leute da noch die Mauer? Die meisten hatten sich mit ihr abgefunden und sahen sie gar nicht mehr. Das Leben auf der anderen Seite war ihnen fremd. Auch in Dederows Reich ging es nicht wenigen so. Sie hatten genügend mit sich selbst zu tun. Von allzu großer Bequemlichkeit war hier allerdings keine Rede. Einen Kühlschrank oder Fernseher konnten sich noch nicht viele leisten. Automobile gab es so wenige, dass man viele Jahre darauf warten musste. So war das Leben der Leute ausgefüllt mit Laufereien und Wartereien.

In der Residenz des Königs Dederow, deren Zaun man mittlerweile erhöht und deren Wachen man dauerhaft verstärkt hatte, sorgten die Diener selbstverständlich für alles. König Dederow standen nicht nur ein Kühlschrank, ein Fernseher oder ein Automobil zur Verfügung. Die Residenz wurde erstklassig versorgt, schließlich schlug hier das Herz der neuen Welt, wie man es vor sich selbst begründete. Die Diener nannten sich natürlich nicht Diener, so etwas hatte es im Lande der großen Gleichheit und Gerechtigkeit nicht mehr zu geben, sondern sie hießen schlicht Mitarbeiter. Sie blickten stets freundlich, und Daniel traf sie bei seinen Streifzügen durch die Residenz überall: im Park, in den Ecken hinter den Treppen, vor einem kleinen Büro am Fuße des dicken Turmes, den Daniel – so hatte man es ihm eingeschärft – nie betreten durfte.

Im Zimmer des kleinen Daniel türmten sich die Dinge, die die Mitarbeiter ihm besorgt hatten. Und es machte ihm ja auch Spaß, mit dem ferngelenkten Panzer seine Ritterburg zu belagern oder die aufmarschierte Spielzeugarmee mit kleinen Silberpapierkügelchen zu beschießen. Mitten im Spiel aber wanderten seine Augen zu dem großen Fenster, das auf die Galerie hinausging. Er sah seine Mutter, Königin Gertrud, vorbeihuschen. Er mochte sie sehr. Sie las ihm abends Märchen vor und sang Lieder mit ihrer klaren schönen Stimme. Sie kümmerte sich um ihn, während er seinen Vater, den König, fast nie zu Gesicht bekam. Am Tage konnte man Königin Gertrud in ihrem grauen Kleid durch die Residenz laufen sehen – mal hier und mal dort zupackend. Sie stieg sogar hinunter in die Küche, um der Köchin beim Gemüseschneiden zu helfen. Man sah sie am Wachhäuschen, wo sie den Soldaten Kuchen vorbeibrachte, weil »die Jungs« gewiss Hunger hätten. Sie sprach mit dem Gärtner und erfuhr, wie die Leute außerhalb der Residenz lebten, wie schwer sie es mitunter hatten, in den Läden einfache Dinge wie Fleisch oder Obst zu bekommen.

Hinterher lief sie zu ihrem Mann, dem König, und sagte: »Dedi, mein Schatz«, denn sie liebte ihn noch immer, obwohl er dicker geworden war, sich seine Glatze weiter auf dem Vormarsch befand und sich die ersten grauen Haare in seinem Kinnbärtchen zeigten. Sie liebte ihn unverändert seit ihrer gemeinsamen Zeit an der Welterneuerer-Schule.

»Deine Leute murren«, sagte sie. »In den Läden gibt es fast nichts mehr zu kaufen.«

»Ach, Trulla, mein Liebling«, antwortete er seufzend. Die Sorgen quälten ihn schlimmer denn je. Die Mauer hatte seine Probleme bisher nicht beseitigen können. »Davon verstehst du nichts«, sagte er.

»Wovon soll ich nichts verstehen?«, fragte sie. »Dass die Leute nichts zu kaufen kriegen?«

»Was heißt denn: NICHTS?« erwiderte er gequält. »Sie haben doch alles, was sie brauchen: billige Wohnungen, Arbeit, Brot. Sie gehen doch nur der Hetze dieses Bundislaus auf den Leim, dessen Fabriken viel zu viel unnützes Zeug produzieren, nur um es hinterher wegzuschmeißen ...«

Königin Gertrud sagte: »Den Leuten fehlt es an Fleisch und Obst, von guten Stoffen, Kühlschränken, Automobilen ganz zu schweigen.«

»Was soll ich denn machen? Ich kann mir das doch nicht durch die Rippen schwitzen. Ich sage Intimus Stasius jeden Tag, er soll mehr Druck auf die Bauern und die Fabriken machen. Aber trotzdem produzieren sie zu wenig. Zu wenig! Zu wenig! Zu wenig! Und zu schlecht! Das darf ich niemandem sagen. Dieser Bundislaus lacht sich ja kaputt über uns! Gott sei Dank haben wir die Mauer, und ich werde Intimus Stasius noch einmal klipp und klar sagen, dass seine Mitarbeiter dagegen vorgehen sollen, dass die Leute das Bundislaus-Fernsehen gucken.«

»Aber, Dedi, mein Schatz, glaubst du etwa, wenn du den Leuten verbietest, sich die Werbung und die Filme im Bundislaus-Fernsehen anzuschauen, dann lösen sich die Probleme von alleine?«

»Jawoll, das glaube ich«, rief Dederow. »Denn unsere Probleme, die unzufriedenen Leute – all das hat dieser Bundislaus zu verantworten. Er vernebelt mit seinen bunten Werbebildchen und den Verlockungen der angeblich großen weiten Welt die Gehirne unserer Leute. Er will nichts anderes als mich zu stürzen!«

»Aber, Dedi«, rief Königin Gertrud, »den Leuten fehlen so viele Dinge wirklich. Warum verstehst du nicht, dass sie murren? Hast du vergessen, dass wir ihnen versprochen haben, die neue Welt der Gleichheit und Gerechtigkeit zu bauen?«

»Wir werden sie bauen! Koste es, was es wolle!«, schrie Dederow und sprang auf. »Aber du weißt genau, womit wir uns dabei jeden Tag rumschlagen müssen. Uns gehören alle Fabriken. Also müssen wir auch alles genau planen, was hergestellt wird: Brot, Butter, Automobile, Waschmaschinen, Stoffe, Schuhe – jeden Klumpatsch – nu!? Nichts können wir dem Zufall überlassen. Was glaubst du, wie lange ich mit Stasius zusammensitze, um immer wieder zu planen, zu planen, zu planen? Es heißt: Die Leute brauchen Tomaten. Also planen wir Tomaten. Dann aber ist es plötzlich zu warm, zu kalt, zu hell, zu dunkel, zu feucht oder zu trocken – was weiß ich. Und dann wachsen die Tomaten nicht, und die Leute murren. Bundislaus grinst sich natürlich eins und wartet nur darauf, dass wir für teure Bundis-Taler Tomaten kaufen, die er von seinem Freundes-König aus Makaronien bekommen hat. Die stecken doch alle unter einer Decke! Aber ich mache da nicht mehr mit!« schrie Dederow plötzlich mit Fistelstimme. Königin Gertrud zuckte zusammen.

»Ich will nichts mehr davon hören!«, brüllte Dederow wie ein trotziges Kind. Er rief, dass man den reichen Pfeffersäcken die Fabriken weggenommen habe, sei und bleibe ein für allemal richtig. Das werde nie wieder rückgängig gemacht. Basta! Und man solle ihn zufrieden lassen mit dieser ekligen Mäkelei. Niemand lobe ihn für die billigen Wohnungen, die sicheren Straßen oder dafür, dass er allen Brot und Arbeit biete. Das nehme jedermann gerne in Anspruch. Dederow griff zum Telefonhörer und bestellte Intimus Stasius zu sich, um zu beraten, wie man noch besser aufpassen könne, dass die Leute nicht mehr murrten und fremden Rattenfängern auf den Leim gingen.

Manchmal sah der kleine Daniel seine Mama mit verweinten Augen aus dem Zimmer des Vaters kommen. Und sie tat ihm Leid. Viel öfter jedoch sah er den Onkel Stasius ins Zimmer seines Vaters hineingehen. Und dann hatte er Angst. Onkel Stasius war ihm unheimlich, so wie die Schatten, die nachts an der Decke seines Zimmerchens tanzten. Onkel Stasius war zwar immer freundlich, aber sein Lächeln so seltsam übertrieben, dass sich dabei einige Zähne zu viel zeigten, ein bisschen wie bei einem Krokodil. Onkel Stasius schenkte Daniel immer irgend etwas – einen Bonbon, eine bunte Murmel, einen Spielzeugsoldaten. Daniel freute sich zwar darüber, aber ein Stockwerk tiefer zog sich in seinem Magen eine kleine Wolke grummelnd zusammen. Vielleicht lag es daran, dass neben Onkel Stasius so viele Mitarbeiter standen, allesamt freundlich, in gute Anzüge gekleidet und so betäubend parfümiert, dass man sie für Verkäufer eines Kosmetikladens halten konnte. Vielleicht lag es auch daran, dass Onkel Stasius immer wieder und viel zu lange bei seinem Vater weilte und dass sein Vater immer finsterer und sorgenvoller dreinblickte.

Beatrice blickt durchs Fernglas

Wieder vergingen viele Jahre. Sahen wir eben noch einen kleinen Jungen, beklommen auf eine Gruppe von Männern blickend, so schauen wir jetzt auf ein Mädchen, eine Sechzehnjährige, die wild durch ihr Zimmer tanzte. Sie drehte sich, ihre Arme wirbelten, als seien sie Propellerflügel. Kupferne Locken flogen ihr über die schmalen Schultern. Aus der Musikbox in der Ecke dröhnten Schlagzeug und Bass, fuhren ihr durch die Beine bis hinein in den Magen, wo sie ein unbeschreibliches Gefühl auslösten. Am liebsten hätte sie die Box genommen, die Residenz verlassen und mitten auf der Straße mit ausgebreiteten Armen getanzt. Das Dröhnen der Trommeln, der trockene Gegenrhythmus der Gitarren vermittelten ihr das Gefühl, die Welt erobern zu können – vielleicht mit einem Lächeln, einem frechen Blick, einem lässigen Hüftschwung. Alles konnte aus ihr werden, so glaubte sie: Gipfelstürmerin im Himalaja, Ärztin im Urwald, Rennfahrerin in Monte Carlo, Popsängerin oder Schauspielerin.

Sie stampfte mit den Füßen auf den Boden – Füßen, die sie eigentlich nicht mochte, weil sie ihrer Meinung nach zu lang und eckig geraten waren. So wie sie auch glaubte, ihre Schultern seien zu dünn und ihre Vorderseite zu flach. Mit ihrer Rückseite hatte sie dagegen keine Probleme. Die jungen Wachleute offensichtlich auch nicht, die ihr regelmäßig vom Tor aus Pfiffe hinterherschickten. Gehörte sich das denn? Einer Prinzessin? Wer sie sah, war jedoch am meisten von ihren hellen Augen begeistert. Darin war nichts Falsches, Verschleiertes. Die Nase stand vielleicht ein bisschen zu keck hervor, aber ihr Mund machte den Eindruck allzu großer Vorwitzigkeit wieder wett. Rund um die Nase tummelten sich – wie Sternenhäufchen – drei Dutzend Sommersprossen.

Beatrice – denn um sie handelte es sich natürlich – tanzte ausgelassen und voller Hoffnung, obgleich ihr jeder Gedanke an die Residenz, in der sie lebte, sofort die Laune vermiesen konnte. Oh, wie nervte ihre Mutter, Königin Sophia, mit ihren Ermahnungen, ihren Nerzmänteln, ihren Schlangenlederschuhen, ihren Hüten und Taschen, ihrem Geschnickse und Geschnackse. Ständig schien sie sich für Beatrice zu schämen: »Sitz gerade!« – »Binde deine zotteligen Haare zusammen!« – »Wie läufst du denn?« – »Mach nicht so große Schritte!« – »Man kann ja mit dir auf keinen Empfang gehen!« – »Probier doch mal diese schöne Schneeleopardenkappe! Sie steht dir doch wunderbar!« – Renn doch nicht immer in dieser schmuddeligen Jeans herum! Was soll denn die Weltpresse sagen?« Doch die Journalisten und Fotografen waren Beatrice egal. Manchmal streckte sie ihnen die Zunge heraus oder wackelte mit dem Hinterteil. Sie war ein Liebling der Presse, wenn auch nicht ganz im Sinne ihrer Eltern.

Oh, und wie nervte ihr Vater, König Bundislaus, mit seinem Getue, seiner Wichtigheimerei. Mitunter ahmte sie vor dem Spiegel seine Auftritte nach. Auch an diesem Tage, die Musik war längst abgelaufen, schob sie die Brust heraus, drückte das Kinn herunter, bis ein kleines Doppelpölsterchen erschien, was bei ihrem schlanken Hals auch wirklich nur ein winziges sein konnte. Sie steckte sich einen Bleistift als Pfeife in den Mund und eine Hand in die imaginäre Weste. Dann reckte sie ihren nicht vorhandenen Bauch hervor und sprach – würdevoll und gemessen –, wobei sie ihren Mund ganz rund machte und ihre Stimme zwei Etagen nach unten transportierte, ein selbst verfasstes Poem:

»O Botterloit, losst oins oich von mür sogen:
Dem Botterfoss dön Boden hot's zörschlogen!
Wör wor's? Dör Botterfoind, dör Bütterböse!
Ör wüll uns unterbottern müt Götöse!
Öntrahmt ühn gloich, den Bütter-Botterbösen!
Am Botterwösen soll die Wölt genösen!«

Dann warf sie den Stift in hohem Bogen fort und sich selbst rücklings aufs Bett, wobei es sie vor Lachen schüttelte. Doch schon im nächsten Moment war ihr nicht mehr nach Lachen zumute. Was hatte sie nur? Warum war sie so launisch? Was fehlte ihr? Ganz einfach: nichts! Sie hatte nichts, und ihr fehlte nichts. Sie war quietschgesund, gelangweilt und übersättigt. Ihre hundert Puppen lächelten sie doof an – seit Jahren mit dem gleichen hundertfachen blöden Puppenlächeln. Sie hatte den Schrank voller Kleider, war durch die ganze Welt gereist und hatte einem Dutzend anderer gelangweilter Prinzessinnen die Hand gedrückt. Mit ihrem sterbenslangweilig würdevollen Vater und ihrer unverwüstlich eleganten Mutter hatte sie vor sämtlichen Sehenswürdigkeiten dieser Welt gestanden. Ein Dutzend Prinzen hatten sie angelächelt, ihr von ihren Reisen, ihren Motorrädern und den Yachten ihrer Väter erzählt. Keiner gefiel ihr wirklich. Und so würden sie alle sein, dachte sie, auf ihrem Bett liegend. Sie lachte längst nicht mehr. Sie fühlte sich einfach nur elend. Sie hatte Angst, dass sie, in ihrem goldenen Käfig gefangen, nichts von dem werden konnte, was sie sich erträumte.

Beatrice stand auf, ging zum Fenster und schaute lange hinaus über das Reich ihres Vaters. Bärenburg lag in der Abendsonne. Über den Häusern schwebte der Dreckstreifen, der sich nun mal aus den Ausdünstungen eine großen Stadt bildet. In der Ferne, ganz schwach nur, konnte Beatrice das graue Band der Mauer sehen. Eigentlich interessierte sie diese Mauer überhaupt nicht. Vom Hörensagen wusste sie, dass jeder, der sie von der hiesigen Seite her durchfuhr, von unfreundlichen Soldaten nahezu peinlich kontrolliert und befragt wurde. Wer seine Verwandten auf der anderen Seite Bärenburgs besuchen wollte, der durfte weder Bücher noch Kassetten mit rockiger Musik mitnehmen. Finstere Soldaten durchwühlten alle Taschen. Zum Glück, so dachte Beatrice, habe ich keine Verwandten dort. Alles, was Spaß machte, schien im Reich dieses eigenartigen Dederow verboten zu sein. Man erzählte sich, die Leute dort besäßen keinen Pass und könnten nicht einfach in die Welt fahren, zum Beispiel in den Süden, ans Meer. Beatrice schauderte es. Man erzählte sich auch, dass die Häuser, die dort standen, ja sogar die Menschen, die dort lebten, so grau seien wie die Mauer, die sie gebaut hatten. Wie schrecklich!

In ihrer elenden Langeweile holte Beatrice ihr Fernglas aus dem Schrank. Ob die Leute dort drüben wirklich so grau aussahen wie ihre Mauer und ihre Häuser? Sie schaute durch das Glas, ihr Blick wanderte die Mauer entlang, die wirklich zum Fürchten hässlich aussah, auch wenn Spaßvögel sie auf der hiesigen Seite mit Sprüchen und bunten Malereien verziert hatten. Beatrice sah einen Wachturm, auf dem Soldaten saßen, die sie durch ihre Ferngläser anglotzten. Ein Schreck durchfuhr die Prinzessin. Beinahe wäre ihr das Glas aus der Hand gefallen. Wurde sie täglich oder gar stündlich von denen da beobachtet? fragte sie sich voller Entsetzen. Sie blickte vorsichtig wieder hinüber und sah, dass die Soldaten inzwischen woanders hinstarrten. Sie atmete erleichtert auf, und ihr Blick wanderte weiter über den Dunst jenes Reiches, von dem ihr Vater stets mit größtem Groll sprach. Die grauen Häuser, wenn sie denn grau waren, sah sie nur äußerst verschwommen.

Plötzlich erkannte sie, dass die Mauer auf der hiesigen Seite an einer Stelle mit dichtem Gestrüpp bewachsen war. Einer Rosenhecke womöglich? He, das war ja wie bei Dornröschen. Fehlte nur noch der Prinz, der mit dem Schwert gerritten käme, um sie zu befreien. Der Gedanke amüsierte sie für einen Moment. In gerader Linie hinter dieser Hecke sah sie ein größeres Gebäude, fern und verschwommen. Es hatte einen dicken Turm, über dem eine Fahne wehte. Das muss wohl die Residenz dieses bösartigen und gefährlichen Königs sein, sagte sich Beatrice. Wie mochte man wohl dort leben? Doch schon im nächsten Augenblick war ihr die Antwort egal. Was interessiert's mich, dachte sie. Sie legte ihr Fernglas wieder weg. Manche sagen, wir wären allesamt ein Volk – die dort drüben und wir, dachte sie. Aber das kann gar nicht sein, so verschieden, wie wir sind.

Die Verhaftung des Gärtners

Auch Daniel, dem Sohn des Königs Dederow, war die Mauer eigentlich völlig wurst. Nun zählte auch er schon sechzehn Jahre, und er kannte keine Welt ohne diese Mauer. Er lebte in einem Garten, durch den ein vertrauter Weg führte. Überall plätscherten Springbrunnen, blühten Rosen, luden Bänke zum Sitzen ein, und am Ende stieß man auf eine Mauer. Es ging einfach nicht weiter, und so war es schon immer, seit Daniel denken konnte. Er besaß nur ganz schemenhafte Vorstellungen von dem, was sich auf der anderen Seite der Mauer abspielte. Sein Vater und Intimus Stasius hielten ihn von allem fern, was ihm ein genaueres Bild hätte vermitteln können. Daniel wusste nur, dass es gefährlich sein musste auf der anderen Seite und dass der dortige König der schlimmste Feind seines Vaters war.

Eines Tages schnappte er jedoch mehr auf, und zwar vom Gärtner der Residenz. Der Gärtner besaß eine Tante in Bundislaus' Reich, die ihm mitunter Kaffee und neue modische Hosen schickte. Als die Tante achtzig Jahre alt wurde, durfte der Gärtner zu ihr hinüberfahren. Vorher hatte er einen Antrag bei Intimus Stasius einreichen müssen, der schließlich genehmigt wurde, jedoch mit dem Vermerk, der Gärtner habe ohne seine Frau zu reisen. Stasius befürchtete, dass beide sonst gleich ganz drüben blieben. Dieses Misstrauen hegte er gegenüber fast jedem.

Der Gärtner fuhr also hinüber in Bundislaus' Reich, und als er zurückkam, benahm er sich einen ganzen Tag lang recht seltsam. Beim Arbeiten schüttelte immer wieder den Kopf und murmelte: »Wie machen die das bloß? Wie machen die das bloß?«

Daniel schlich ihm durch den Park hinterher und fragte: »Was denn?«

»Ach, Prinzchen«, seufzte der Gärtner.

»Wie machen die was?«, fragte Daniel hartnäckiger.

Der Gärtner, offensichtlich von Verwirrung heimgesucht, flüsterte etwas von »Geschäft an Geschäft, voller Schuhe, Schokolade und Bergen von Apfelsinen«.

»Und?«, fragte Daniel.

»Und Läden, in denen man Frauen beim Tanzen zusehen kann, während sie sich ausziehen.«

»Und?«, fragte Daniel, wobei sein Herz schneller klopfte.

»Und schnelle Autos, schöne Häuserfassaden. Und die Tante hat Fotos gezeigt von ihren Reisen nach Alpinien und Makaronien.«

Alpinien und Makaronien – war es Sterblichen wirklich möglich, dorthin zu reisen? Daniel wurde noch unruhiger.

»Und?«, fragte er.

»Was und?«

»Na, die Sache hat doch einen Haken.«

»Was für einen Haken?«

»Na, da gibt's doch auch Bettler, Leute ohne Arbeit und arme Landstreicher!« So hatte es Daniel von seinem Vater und Intimus Stasius gehört. So erzählten es die Zeitungen, das Fernsehen und die Lehrer.

»Ich hab da nicht so genau hingeschaut«, brummte der Gärtner. »Ich war ganz erschlagen, so bunt, laut und aufregend ist das da. Die Farben sind viel intensiver, das Licht greller, und es riecht nach Kaffee und Apfelsinen.«

Daniel schwieg und versuchte sich vorzustellen, dass eine ganze Stadt nach Kaffee und Apfelsinen roch. Aber das konnte sie doch nicht überall. Sie musste doch auch mal nach Schornsteinqualm oder Klo riechen. Furzten die Leute da drüben nicht? Der Gärtner beplätscherte mit dem

Wasserstrahl seinen Schuh, so gedankenverloren stand er da.

»He, hast du keine Bettler gesehen? Keine Landstreicher? Keine Bankräuber?«, rief Daniel. Die Antwort auf diese Frage war ihm wichtig, denn irgendwo musste es doch einen Haken geben. Es musste doch einen Sinn haben, dass sich sein Vater und all die anderen so verbissen Tag für Tag darum sorgten, dass ihre Macht erhalten blieb. Zum Wohle des Volkes, wie sie sagten. Zum Schutz vor Bundislaus.

»He, Gärtner, hast du da drüben Bettler gesehen, Arme und Landstreicher?«, fragte er nun fast schon ungehalten. Dem Gärtner plätscherte das Wasser noch immer auf den Schuh. Er zuckte zusammen, blickte dann zu Daniel, und plötzlich – vielleicht hatte er bei der Tante den einen oder anderen Weinbrand zu viel getrunken – schien er den Verstand zu verlieren.

»Bettler? Arme? Landstreicher? Hihi, haha!« rief er. »Freundchen, du naiver kleiner Edelprinz. Dir haben sie ja einen ganz schönen Schwachsinn ins Ohr geblasen. Da drüben ist ALLES besser, weißt du. Die können das einfach. Wer will, kann 'ne Million machen! Pah! Das ist Freiheit. Und wer unter die Räder kommt – na und?! Das ist Pech. Bettler und Landstreicher. Na und? Selbst wenn?!«

Der Gärtner spritzte wie wild mit dem Schlauch um sich. Daniel sprang beiseite.

»Und hier?«, schrie der Gärtner, »hier strampelt man sich ab und ackert sich dumm und dämlich. Für nix und wieder nix!«

Schon näherten sich vom Haus her zwei Mitarbeiter, nicht ganz so freundlich lächelnd wie sonst. Auf einmal begann der Gärtner zu kichern.

»Du, Prinzchen«, rief er. »Über deinen Papa habe ich den neuesten Witz gehört. Also: Was ist, wenn König Dederow in der Wüste regiert? Na, Prinzchen, was?« Daniel starrte entgeistert auf die heranstürmenden Mitarbeiter.

»Zuerst passiert zwölf Jahre lang gar nichts, und dann wird der Sand knapp!«, brüllte der Gärtner, und noch während ihn die Mitarbeiter abführten, zuckte er vor Lachen über diesen Super-Witz.

Daniel stand wie angewurzelt mitten in der Pfütze, die der Gärtner mit seinem Schlauch zusammengegossen hatte. Wo führt man den Gärtner hin?, fragte er sich. Er lief zum Tor, doch der Wagen, in den man den Gärtner gestoßen hatte, war längst abgefahren. Die Wachen schauten teilnahmslos, und plötzlich sah Daniel, dass man den Zaun um einen weiteren Meter erhöht hatte, und als ob das nicht reichen würde, war auch noch der Graben rund um die Residenz um zwei weitere Meter vertieft worden. Wovor hatte sein Vater Angst? Warum fürchtete er sich vor Witzen? Warum riegelte er sich so ab?, fragte sich Daniel. Über all das wollte er mit seinem Vater reden, doch dieser war nicht zu sprechen. Plötzlich lief Daniel Intimus Stasius über den Weg. Dieser gab ihm mit leiser Stimme zu verstehen, dass auch der Sohn des Herrschers nicht allzu neugierig sein sollte, und ging dann zum Büro am Fuße des dicken Turmes, den Daniel nicht betreten durfte. Daniel schauderte. Während seiner leisen Drohung hatte Stasius sein Grinsen nicht abgelegt, so als ob er jeden im Ungewissen halten wollte oder gar Spaß an solchen Drohungen empfand. Stasius verschwand, wie er aufgetaucht war, als ob er sich aus den Wänden materialisierte und sich schließlich wieder in ihnen auflöste. Unheimlich.

Daniel lief zu seiner Mutter und klagte über das, was geschehen war. Königin Gertrud versprach ihm, ein gutes Wort für den Gärtner einzulegen. »Er war einfach nur völlig verwirrt«, verteidigte ihn Daniel. »Vielleicht ist er auch krank und phantasiert.«

Am Abend fragte Gertrud den König: »Dedi, musst du jetzt schon unsere Gärtner verhaften lassen?«

»Er hat gegen mich gehetzt. Er ist König Bundislaus' Blendwerk zum Opfer gefallen«, antwortete Dederow.

»Lass ihn frei!«, bat die Königin.

»Ach, Trulla, wir machen so was inzwischen ganz anders. Wir lassen ihn einfach freikaufen.«

»Freikaufen, Dedi? Ja, wie denn?«

Dederow erzählte begeistert, wie so etwas neuerdings ablief: »König Bundislaus hat die Angewohnheit, Gefangene von uns freizukaufen. Wer gegen uns gehetzt hat und deshalb bei uns im Gefängnis sitzt, den löst er aus, indem er uns blinkende Bundis-Taler zahlt. Wir schicken den Gefangenen dann zu ihm hinüber. So schlagen wir zwei Fliegen mit einer Klappe: Wir bekommen das Geld, das wir dringend brauchen, und zugleich werden wir einen Störenfried los – nu!? Wir schieben ihn einfach ab, fort, weg, über die Mauer. Die ganze Sache war übrigens Stasius' Idee!«

Königin Gertrud seufzte tief und sagte: »Du mit deinem Stasius!« Es klang ehrlich besorgt, denn langsam schien Dederow zu vergessen, wer in diesem Lande eigentlich König war.

Daniel macht eine
ungeheure Entdeckung

Als der Abend längst fortgeschritten war, schlich Daniel aus seinem Zimmer. Sein Herz klopfte so laut, dass man es über der ganzen Galerie und noch im angrenzenden Flur hören konnte. So schien es ihm jedenfalls. Wie er da so schlich, können wir ihn für einen Moment in aller Ruhe betrachten. Er war in den Jahren ein schlaksiger Junge geworden, mit verstrubbelten blonden Haaren. Seine dunklen Augen blickten konzentriert auf einen Punkt, den wir nicht sehen können und den auch er nur erahnte. Sein Lächeln konnte übrigens ziemlich anstneckend sein, wenn man es denn mal sah. Sehr oft geschah dies nicht, und nicht wenige, die Daniel nur oberflächlich kannten, hielten ihn für ein harmloses »stilles Wasser«, einen Träumer. Er besaß lange, etwas dünne Glieder und lief stets ein wenig nachlässig, als ob diese Glieder nur irgendwie so an ihm herumhingen und möglichst bequem, ohne allzu große Anstrengung, von einem Ort zum anderen gebracht werden wollten.

Im Augenblick jedoch war jeder ihrer Muskeln bis zum Wehtun angespannt. Langsam näherte sich Daniel dem Turm, den er noch nie betreten hatte. Nie betreten durfte! In dieser Nacht nun wollte er endlich erfahren, welches Geheimnis dieser Turm barg. Es musste noch in dieser Nacht sein, denn Daniel konnte keine Minute länger warten. Die Geschichte mit dem Gärtner, der tiefe Graben um die Residenz, das unheimliche Grinsen des Intimus Stasius hatten eine Unruhe in ihm ausgelöst, die besänftigt werden musste.

Wie ein Indianer, ohne jeden Laut, schlich er am Büro der Mitarbeiter neben dem Eingang zum Turm vorbei. Im Büro war es dunkel. Aber hatte nicht Stasius stets einen Mitarbeiter vom Dienst dort sitzen? Unbeschadet kam Daniel an der Tür vorüber und wandte sich dem Eingang zu, der in den Turm führte. Seltsamerweise war er nicht verschlossen.

Im Innern des Turmes entzündete Daniel sein kleines Lämpchen. Stufe für Stufe tastete er sich die Wendeltreppe empor. Es war kühl im Treppenschacht, und es roch nach Moder. Daniel zog sein Hemd am Kragen zusammen. Sein Herz pochte immer wilder. Es konnte sich nicht entscheiden, ob mehr vor Anstrengung oder Aufregung.

Endlich war Daniel am Ende der Treppe angelangt. Hier erwartete ihn eine dicke grüne Eisentür. Sie besaß einen schweren Riegel, der mittels eines Hebels bewegt werden konnte. Das Metall kreischte, die Tür öffnete sich quietschend. Daniel hielt den Atem an. Dieses Geräusch musste man weithin gehört haben. Aber nichts geschah.

Daniel wunderte sich, dass er so einfach bis hierher hatte kommen können. Vielleicht beobachtete man ihn schon. Dann fiel ihm ein, dass er ja bereits in der Höhle des Intimus Stasius wohnte, der die Residenz König Dederows wohl schon als seine eigene betrachtete. Die Wachen am Tor, der hohe Zaun, der tiefe Graben, die Mitarbeiter an allen Ecken machten es jedem Eindringling unmöglich, hier hineinzugelangen. Es sei denn, er stammte aus den eigenen Reihen. Vielleicht hatte Stasius auch einfach vergessen, die Tür zum Turm zu verriegeln. Wer weiß.

Daniel stand nun in einem großen runden Raum, in dem grüne und rote Lämpchen leuchteten. Er drehte die Flamme seines eigenen Lämpchens etwas höher und erblickte eine Reihe von Regalen mit Geräten, roten und grünen Telefonen: Er sah Metallschränke mit Schubfächern und eine Leinwand, die die Seite gegenüber der Tür beherrschte. Mit seinem Lämpchen leuchtete er einmal um den Raum herum. In der Mitte des Rondells stand ein großer Sessel, daneben ein kleiner Kasten mit einer grünlich leuchtenden Anzeige.

Zunächst einmal warf Daniel einen genaueren Blick hinauf zur Decke des runden Raumes, von der sich viele dicke Kabel bis zu einem riesigen Kasten schlängelten, der neben einem der metallenen Schränke stand. Er näherte sich dem Kasten und las auf einer rot leuchtenden Anzeige: »**Stf.Fr.4711.akt**«. Was mochte das wohl bedeuten? Daniel war alles andere als dumm. Seit einiger Zeit bemühte er sich, genauer zuzuhören, genauer hinzuschauen und hinter die Dinge zu blicken. Auch jetzt ging Daniel ganz konzentriert zu Werke. Er suchte den gesamten Kasten nach Hinweisen ab, die ihm den Sinn jener roten Anzeige erschließen konnten, und endlich fand er eine kleine Metalltafel, auf der stand: »Achtung! Wenn Störfunk aktiviert, dann Lüfter auf Stellung III«.

Daniel kombinierte: »Stf.« hieß also Störfunk, und »akt.« bedeutete: aktiviert. Dann konnte es sich bei »Fr.« wohl nur um eine Frequenz handeln. Und die dicken Kabel führten auf das Dach des runden Turmes, wo sich der hohe Mast befand, an dem die Fahne des Dederowschen Reiches flatterte. Der Mast musste also eine getarnte Störfunk-Antenne sein. Was aber war 4711? Welche Frequenz mochte der Intimus Stasius wohl stören? Daniel brauchte nicht lange, um herauszufinden, dass es sich um die Frequenz des Bundislaus-Senders handelte.

In der Residenz war es allen Mitarbeitern, Köchen, Boten, Gärtnern und auch ihm verboten, diesen Sender einzuschalten. Stasius hielt vor der Belegschaft immer wieder kleine Reden über dessen Hinterhältigkeit und die Gefahren, die von ihm ausgingen, als sei dieser Sender die elektronische Variante des Rattenfängers von Hameln, der mit seinem Spiel harmlose Kinder betörte und sie in ein fremdes Land entführte. In diesem Raum also störte Stasius den gesamten Fernsehempfang aus der Bundislaus'schen

Richtung. Aber sein Kasten, so dachte Daniel, mochte wohl nicht sehr gut funktionieren, denn noch immer gab es Menschen, die die Sendungen gut empfangen konnten. Gewiss verstärkte König Bundislaus seinen Sender regelmäßig.

Daniel schüttelte den Kopf. Was würde er wohl noch in diesem Raum finden? Er zog einen der metallenen Schränke auf und fand unzählige Mappen, alphabetisch geordnet, deren Aufschriften, nacheinander gelesen, das Abbild eines ganzen Landes und seiner Bewohner – auch noch der seltsamsten – ergaben. Daniel las halblaut vor sich hin:

»ÄRZTE, BÄCKER, CHORSOLISTEN,
DICHTER, DENKER, DADAISTEN,
ERBVERWALTER, FRIEDHOFSPFÖRTNER,
GEISTERJÄGER, GNOME, GÄRTNER,
HÄNDLER, IMKER, JAUCHEFAHRER,
KUNDEN, KINDER, KUNSTVERWAHRER,
LEHRER, MUSIKER, NUDISTEN,
OBER-ORIENTALISTEN,
PRINZEN, QUÄKER, RENTNER, SÄUFER,
TIERBESITZER, UHRENKÄUFER,
VIRTUOSEN, WALDANLIEGER,
XYLOPHON- UND YOGA-SIEGER,
ZEITUNGSSCHREIBER, ZIRKUSFLIEGER.«

Was dieser Stasius alles so sammelte. Schon diese kleine Auswahl, quer durchs Alphabet, ließ Daniel schwindeln. Das war ja die Sammlung eines Verrückten, der glaubte, wenn er nur alles und jeden – auch noch die kleinste Absonderlichkeit – zwischen Aktendeckeln festhielt, dann könne ihn nichts mehr überraschen. Mit klopfendem Herzen zog Daniel den Band »PRINZEN« aus dem Schrank. Beim Durchblättern sah er, dass Stasius nahezu alle Prinzen der Welt in seiner Sammlung hatte. Plötzlich entdeckte er auch sich. Unter seinem strubbelhaarigen Foto und seinem Namen standen die kargen Worte:

»NEUGIERIG!
NICHT UNTERSCHÄTZEN!«

Daniel stellte den Band wieder zurück und verschloss den Schrank. Ein wenig schämte er sich, dass sein Vater, der König, es einem konturlosen, gemeinen Subjekt erlaubte, solch eine Macht anzuhäufen, Menschen zu überwachen und einzuschüchtern. Warum duldete sein Vater das? Sah er es nicht oder nahm er es in Kauf? Oder begrüßte er es gar? Beherrschten ihn wirklich nur noch die Angst und das Misstrauen? Daniel beschloss, bald einmal zu versuchen, mit seinem Vater darüber zu reden. Aber da ihn Stasius nun schon einmal als »neugierig« etikettiert hatte, wollte er seinem Ruf alle Ehre machen und auch noch den Rest in diesem Raum untersuchen. Er setzte sich in den großen Sessel, der mitten im Raum stand, und beschäftigte sich mit der grün leuchtenden Anzeige auf dem kleinen Kasten, den er bereits beim Hereinkommen entdeckt hatte.

Was war das nur? Hatte es mit der großen Leinwand zu tun? Daniel drückte auf einen Knopf mit einem Richtungspfeil, und auf einmal konnte er in grüner Schrift das Wort »Residenz« lesen. Sein Finger betätigte den Start-Schalter, und plötzlich erschien vor ihm auf der großen Leinwand ein Film. Dieser zeigte, wie Arbeiter unter Anleitung einiger freundlich-undurchdringlich blickender Mitarbeiter den Zaun rund um die Residenz erhöhten und den Graben vertieften. Außerdem konnte man sehen, wie einst der sogenannte Fahnenmast auf den Turm montiert worden war. Für einen Augenblick sah er auch den Intimus Stasius in die Kamera grinsen. Gruselig!

Daniel drückte auf den Wahlknopf, und sofort lief der nächsten Film ab. »Helle Zukunft« hieß er. Es war offensichtlich ein Film, der erheitern und aufbauen sollte. Daniel sah Bilder aus dem Reich seines Vaters, unterlegt mit fröhlich-optimistischer Musik. Man sah Bauern, die stolz das Feld beackerten, und Bauleute, die vom Rohbau eines

Hauses herab winkten. Man sah junge Trachtenmädchen, die im Kreis tanzten, und man sah lachende Kinder auf einem Spielplatz. Diese Bilder waren Daniel vertraut. Genauso zeigte man ihm seines Vaters Reich, seit er denken konnte. Er drückte erneut auf den Wahlknopf, und mit einem Mal erschien – flammend und mahnend – eine rote Schrift auf der Leinwand:

»ACHTUNG! NUR FÜR MITARBEITER!«

Aus dem Lautsprecher ertönte mit einem Schlag eine Musik, in der Trommeln, Bass und Saxophon dominierten und wohl eine Halbweltstimmung erzeugen sollten. Daniel traute seinen Augen nicht. Die Kamera näherte sich langsam der grauen Wand der Mauer, die Bärenburg trennte und an der für Daniel Schluss war. Aber anstatt haltzumachen und umzukehren, bevor es zu spät war, glitt sie an grüßenden Soldaten vorbei mitten durch eine Anlage mit Zäunen, Schlagbäumen und Wachhäuschen auf die andere Seite, wo sich plötzlich das Reich des Königs Bundislaus öffnete. Daniel hielt vor Spannung den Atem an. Was war das nur für ein Film?

»Das, liebe Mitarbeiter, ist die verkehrte Welt des Königs Bundislaus«, sagte ein Sprecher mit knarriger Stimme. »Lasst euch nicht verwirren von diesen Bildern!« Aha, ein Schulungsfilm für Stasius' Mitarbeiter. Daniel blickte atemlos auf die Geschäfte mit Bergen von Apfelsinen, Schuhen, Küchengeräten. Er sah schnittige Automobile, ein leicht bekleidetes Mädchen winkte ihm – na, wohl eher der Kamera – zu.

»Das ist reines Blendwerk«, knarrte der Sprecher weiter. »König Bundislaus will damit ablenken von seinen eigenen Problemen.« Daniel sah einen traurigen Mann auf einem langen Flur sitzen, neben ihm saßen noch andere traurige Männer. »Arme! Leute ohne Arbeit!«, sagte die Stimme.

Jugendliche balgten sich. »Gewalt!«, sagte die Stimme. Männer in schwarzen Anzügen und mit dicken Sonnenbrillen verschwanden mit Metallkoffern auf einer Yacht. »Organisierte Kriminalität«, sagte die Stimme. »König Bundislaus will all diese Probleme vertuschen. Er tut alles, um uns zu schaden und die Leute gegen uns aufzuhetzen. Er lockt sie mit vielen bunten Dingen. Und seine Soldaten stehen allzeit bereit ...« Daniel sah einen Panzer vorbeifahren, und der Sprecher fuhr fort: » ...um uns alles zu zerstören, was wir aufgebaut haben.«

Plötzlich erschien ein kräftiger Mann mit Backenbart und Pfeife auf der Leinwand. Zu ihm gesellte sich eine schlanke, dunkelhaarige Frau. Beide winkten ganz auf Würde bedacht in die Kamera. »Das nun, liebe Mitarbeiter, ist König Bundislaus höchstselbst«, sagte die Stimme. »Schaut genau hin auf dieses heimtückische Lächeln, diese bürgerliche Verlogenheit!«, forderte sie. Daniel jedoch blickte nicht auf das Grinsen des Königs Bundislaus, das sich durchaus nicht vom aufgesetzten Grinsen irgendeines anderen Staatsmannes unterschied. Er starrte auf das Mädchen am Rande der Leinwand, das offensichtlich zu dem Königspaar gehörte, sich aber nicht so richtig zugehörig zu fühlen schien. Es trug ein luftiges Sommerkleid und lächelte so umwerfend natürlich, dass es aus einem ganz anderen Film hineinmontiert schien. Die Locken fielen ihm ungebändigt auf die Schultern, in der Sonne wie Kupfer glänzend. Seine Nase zog es ein wenig kraus – gewiss auch wegen der Sonne, und über der betüpfelten Mitte seines Gesichts strahlten unglaublich helle, offene Augen.

Was Daniel jedoch völlig umhaute, war Folgendes: Als König Bundislaus gerade einige ernste, staatsmännische Worte sprach, die den ernsten, staatsmännischen Worten anderer Könige aufs Haar glichen, vollführte dieses Mädchen einige twistende Tanzbewegungen, steckte für Zehntelsekunden die Zunge heraus und tat sogleich wieder, als sei nichts geschehen. Der strenge Seitenblick ihrer eleganten Mutter konnte nichts Tadelnswertes mehr entdecken – zumindest für den Moment nicht.

Immer wieder fuhr Daniel den Film zurück, um das Mädchen und seine dreiste kleine Vorführung zu sehen. Dann schaltete er den Projektor ab und sprang aus dem Sessel. Ihm war eine Idee gekommen. Im stählernen Aktenschrank des Intimus Stasius suchte er nach der Mappe »PRINZESSINNEN«. Er blätterte und fand recht schnell die Gesuchte. Ja, sie war es – mit ihren hellen Augen, ihrem aufregenden Mund, ihren Sommersprossen-Sternenhäufchen, ihren Locken. Daniels Herz klopfte – diesmal aber nicht vor Angst oder Anstrengung. Er stellte die Spitzelmappe wieder in den Schrank zurück und flüsterte leise den Namen:

»Be-a-trice!«

Er wollte ihn nie mehr vergessen. Ohne dass man Daniel erwischte, gelangte er vom Turm wieder in sein Zimmer zurück.

Beatrice springt vor Wut im Kreis

»Das geht mir so was von auf den Butterkeks!« rief Beatrice, und sie schüttelte wütend ihre Locken. »Butter, Butter, bäh, bäh, bäh!«

Manchmal mochte man meinen, sie sei noch gar keine sechzehn, sondern höchstens elf. Aber es gab einen Grund für ihr kindisches Benehmen. Sie hatte ihren Eltern gesagt, dass sie in den Sommerferien endlich einmal allein wegfahren wolle.

»Alleiiiiiiiiin?«, fragte Königin Sophia mit einer vor Entsetzen schrillen Stimme. Nun gut, nicht allein, sondern mit ein paar Freunden, erklärte Beatrice. Mit Rucksäcken und Isomatten wollten sie auf Fahrrädern ans Meer fahren. Dort in der Nähe gebe es auch einen Bauernhof. Vielleicht könnten sie dort ein wenig helfen, Kühe hüten, Stroh einfahren oder so. Es lässt sich wohl nicht mehr genau nachvollziehen, welcher der genannten Begriffe König Bundislaus und seine Frau am meisten entsetzte und ihnen den Atem nahm, so dass sie erschrocken auf das Sofa plumpsten. Die Worte kamen als kleine Schreie nach und nach aus ihren Mündern: »Freunde?« – »Rucksäcke?« – »Fahrräder?« – »Bauernhof?« – »Kühe?«

König Bundislaus fasste sich als erster. Er war inzwischen ein Staatsmann von großem Gewicht. Jedes Kilo, das er am Leibe trug, bestand aus reinster Würde, in den Jahren des Regierens gewachsen. Erfolg und Wohlstand waren Begriffe, die untrennbar mit seinem Namen verbunden schienen. Er sagte: »Aber Bealein, du, ich – wir haben ein ganzes Reich zu repräsentieren! Und eine hundertjährige

Familiengeschichte mit Gerichtsräten, Ministern und erfolgreichen Fabrikanten! Da kannst du doch nicht einfach mit dem Fahrrad ...«

Königin Sophia hakte ein: »Deinen Aufzug, liebste Beatrice (den Schlusslaut des Namens sprach sie mit einem Schlangenzischen – Be-a-triiizzzzz), deine Jeans, deine Schlabbershirts und deine Luderhaare haben wir dir oft genug nachgesehen. Das Personal tuschelt schon. Und Papa kann mit den Ministern manchmal gar nicht mehr arbeiten, wenn du deine Musik laut drehst ...«

»Hottentottenmusik«, sagte der König. »Der Fußboden des Kabinetts dröhnt davon, und die Papiere machen sich selbständig, so vibriert der Ministertisch.« (Das war natürlich ein bisschen übertrieben.)

»Woher hast du denn überhaupt diese Freunde?«, fragte die Königin spitz, das Wort Freunde aussprechend, als handle es sich um terpentingetränkte Insekten.

Beatrice saß auf dem Stuhl, die Hände unter ihre Beine geschoben, die Schultern hochgezogen, mit zusammengekniffenen Lippen und einem Blick, wie ihn ein griechischer Bildhauer vor 2500 Jahren seiner Heldenstatue eingemeißelt haben mochte – gewillt, sich durch niemanden beirren zu lassen. Auch in dieser Pose wirkte sie reizvoll.

Die Freunde? Die habe sie in einem Camp kennengelernt, vor ein paar Monaten, als sie mit ihren Eltern – dem Königspaar – über das Land gefahren war.

»Ein Camp? Ich erinnere mich nicht an ein Camp«, sagte der König.

Es sei ein Naturfreundelager gewesen, sagte Beatrice, und der Vater habe als König den Organisatoren eine Spende zukommen lassen – als Symbol für den Willen, nicht nur die Butterfabrikanten und Automobilisten, sondern auch die Natur zu schützen.

»Ach, dieses Lager!« erinnerte sich Bundislaus. »Man spendet ja so viel, und alle Leute wollen was von einem. Da vergisst man schnell mal was.«

Am Rande des Besuches, so erinnerte sich Beatrice, war sie in einem unbeaufsichtigten Moment mit jenen lustigen jungen Leuten ins Gespräch gekommen. Sie hatte sich mit ihnen sehr gut verstanden. Die meisten der Jungen und Mädchen waren so alt wie sie – ganz locker und unkompliziert, und nun wollten sie mit ihr ans Meer fahren. Die Einladung der Freunde, mit denen sie sich seit jenem Treffen regelmäßig schrieb, war vor einigen Tagen eingetroffen. Beatrice freute sich. Sie hatte noch nie eine längere Fahrradtour gemacht, noch nie in einem Zelt geschlafen, noch nie am Strand gelegen, ohne dass Fotografen um sie herumschlichen.

»Nein, nein, nein! Das kommt gar nicht in die Butterdose!«, sprach König Bundislaus energisch. »Das geht schon wegen der Sicherheit nicht. Außerdem bist du noch gar nicht volljährig. Hinzu kommt, dass wir in diesem Jahr auf die Yacht des Staatschefs von Makaronien eingeladen sind.«

Königin Sophia brachte es auf den Punkt: »Du fährst auf keinen Fall mit diesen Kuhhirten irgendwo hin! Schon gar nicht auf einem klapprigen Fahrrad und mit einer Schlafmatte. Wir verbieten es dir! Was ist denn in dich gefahren?«

In diesem Moment ballte Beatrice ihre Fäuste auf dem Sitz. Ihre hellen Augen schauten plötzlich klar und entschlossen. Ihr Mund verzog sich kämpferisch. Dann brach es aus ihr heraus:

»Na klaaar!«, rief Beatrice, und sie sprang auf. »Suuuper! Is ja mal wieder alles in Butter!!« Sie beugte sich zornig zu ihren überrascht zurückweichenden Eltern. »Immer geht es nur um euch! Nach mir fragt ihr nie! Immer muss ich in irgendwelche langweiligen Hotels, auf die Yacht irgendeines blöden Bosses, zu irgendeiner Gähn-Party mit irgendwelchen gelackten Prinzen. Immer nur höre ich von euch: Pass auf, wie du gehst, stehst, guckst oder redest! Wir müssen repräsentiiiieren! Aber mir steht's bis hier!«

Beatrice strich sich trotzig über die Oberlippe. »Die ganzen Geschichten von Gerichtsräten und Butterfabrikanten, diese Großkotzigkeit! Das geht mir so was von auf den Butterkeks!« Wütend schüttelte sie ihre Locken. »Butter, Butter, bäh, bäh, bäh!«

Sie war noch längst nicht fertig: »Von früh bis spät höre ich das Gesülze von Wohlstand, Geld und Erfolg. Blablablabla! Gibt es denn nicht auch mal was anderes? Wollt ihr wirklich, dass ich zwischen Luxuspuppen und Geldscheinen vertrockne? ...«

Königin Sophia schnappte nach Luft und rief: »Du würdest dich ganz schön umsehen, wenn du plötzlich nicht mehr ...«

Doch Beatrice war jetzt in Fahrt. Sie zeigte mit dem Finger auf die Königin und rief: »Ach ja, und du, Mama, du mit deinen Super-Klamotten! Wo wir gerade dabei sind. Ich wollte dir das schon immer mal sagen. Alle Leute reden schon darüber, nur du weißt es noch nicht. Für deine schnickischnacki Garderobe müssen noch immer Nerze, Schneeleoparden, Luchse und Krokodile dran glauben. Das ist so was von ätzend! Das ist so was von out! Da ziehe ich doch lieber eine alte, stinkende Jeans an.«

Beatrice rannte aus dem Raum. König Bundislaus und seine Frau saßen regungslos da, wie auf den Sofabezug getackert. Sie begriffen ihre Tochter nicht. Diese lief über den Flur, schlug die Tür ihres Zimmers hinter sich zu. Noch immer raste ihr Herz – erschrocken über diesen plötzlichen Ausbruch. Sie ließ sich auf ihr Bett fallen und schluchzte. Bereits jetzt tat es ihr ein wenig leid, ihre Eltern so angeschrien zu haben. Aber hatte sie sich denn kein Recht auf eigene Wünsche? Durfte sie sich denn nicht sehnen: nach Abenteuern, Nächten am Strand und Freunden?

Der Unglücksflug der Brieftaube

Daniel konnte nicht mehr schlafen und nicht mehr essen. Das Bild von Beatrice ging ihm nicht mehr aus dem Kopf. So etwas passierte ihm zum ersten Mal. Schon jetzt wusste er, dass er sie niemals hätte entdecken dürfen. Auf die Hilfe seines Vaters, seiner Mutter, Stasius' oder der Mitarbeiter durfte er nicht hoffen. Für sie war Beatrice ein Wesen aus einer Welt, die nur als Schatten existierte – so wie für Daniel bis vorgestern noch. Er wusste, dass an der Mauer für ihn endgültig Schluss war. Schönes und Liebenswertes hatte es dahinter, im Reich des Bundislaus (der erstaunlicherweise der Vater eines so reizvollen Mädchens war), nicht zu geben. Nur Bedrohliches und Hässliches.

Daniel ahnte, worauf er sich einließ. Wenn Intimus Stasius sogar alles dafür tat, dass die Leute in Dederows Reich nicht einmal mit Schriften und Bildern aus der Welt des Bundislaus in Berührung kamen, wie würde er wohl reagieren, wenn jemand die Berührung mit einem menschlichen Wesen suchte – und dazu noch mit der Tochter des verhassten Gegners? Aber Daniel konnte nicht anders. Seine Augen waren dunkel vor Sehnsucht, sein blonder Schopf völlig ungekämmt, seine Haut blass vor Übermüdung. Er musste ihr einfach einen Brief schreiben, egal, wie er zu ihr gelangen sollte. Er setzte sich an seinen Tisch und schrieb, ganz in dem offiziellen Briefstil, den er gelernt hatte (immerhin versuchte er sich einer Königstochter zu nähern):

»Liebe Fremde und doch so Vertraute, liebe ferne und doch so nahe Beatrice!

Seit ich Euch zufällig gesehen habe, bin ich Euch verfallen.

Ihr seid so umwerfend hübsch und lustig, dass ich mir vorstellen könnte, Euer Freund zu sein. Leider trennt uns eine hohe Mauer, und niemand darf etwas erfahren.

Ich muss vorsichtig sein, aber ich fühle solch eine Sehnsucht danach, mit Euch zu reden, Euch kennenzulernen, dass ich nicht anders kann, als diesen Brief zu schreiben.

Ergebenst

Euer Daniel.«

Seinen Absender schrieb er vorsorglich mit auf das Briefpapier und nicht auf den Umschlag. So weit reichte sein Verstand gerade noch, auch wenn er bereits vor Liebe flackerte wie eine Glühbirne, die kurz vor dem Abnippeln war. Er dachte nämlich nicht daran, dass ja Beatrice ihren Antwortbrief an seine, also König Dederows Adresse schreiben müsste. Auf das Kuvert schrieb er: »Prinzessin Beatrice (höchstpersönlich), Residenz Bundislaus, Bärenburg (West)«.

Daniel wusste, dass er den Brief nicht in die Hauspost stecken durfte. Intimus Stasius würde ihn in die Hände bekommen, bevor der Brief das Haus auch nur verließ. Also schnappte sich Daniel Jacke, Schirm und seinen Residenz-Ausweis. Er verließ die Anlage durch das Tor. Das durfte und das konnte er. Schließlich musste er ja täglich hinausgehen, um die Schule zu besuchen. Sein Vater war der Meinung, dass er in vielen Dingen normal aufwachsen sollte (schließlich konnte er die Herkunft aus dem Volk nicht ganz verleugnen). Dazu gehörte der Besuch einer Schule, natürlich der allerbesten, an die auch die Kinder anderer Höhergestellter gingen. Daniel durfte sich auch mit Freunden treffen, ins Kino gehen oder anderes tun. Er musste nur Intimus Stasius Bescheid sagen. Dieser hatte ständig einige Wagen mit Mitarbeitern in Bereitschaft, um den Kronsohn, wenn es nötig war, in wenigen Minuten zurückzuholen.

Daniel lief, sich tief unter seinen Schirm duckend, durch die Straßen. Er suchte einen ganz normalen Briefkasten, den Stasius nicht kontrollierte. Oh, armer Tor. Wenn er gewusst hätte. Sein Herz jagte, als er den Brief für Beatrice, nicht ohne ihm vorher verschämt einen kleinen Kuss aufzudrücken, in den Kasten warf.

Bereits am folgenden Tag geschah, was noch nie vorgekommen war. Intimus Stasius rief Daniel zu sich ins Büro am Fuße des dicken Turmes. Während Daniel zu ihm ging, konnte er vor Angst und Anspannung kaum atmen. Ihm war schwindlig, seine Knie weich. Ach, er hätte es doch vorausahnen können. Aber mach was mit einem Verrückten!

Als Daniel in das Büro trat, das aus einigen Schreibtischen, Telefonen, Schränken und einem Feldbett bestand, saß Stasius – blass und konturlos wie immer, man hätte nicht mal seine Haarfarbe genau benennen können – an seinem Schreibtisch und grinste. Er sah, dass Daniel zitterte. Der Sohn des Königs fürchtete sich vor einem Sicherheitsbeauftragten! Denn im Grunde war Stasius nichts anderes. Stasius fackelte nicht lange. Er griff in eine Schublade und warf vor Daniel den Brief an Beatrice auf den Tisch.

Daniels Herz setzte aus. Intimus Stasius grinste noch immer, mit vor gespieltem Bedauern leicht hochgezogenen Augenbrauen. Dann begann er zu reden, mit einer leisen, mehligen Stimme: »Heute wollen wir mal noch nichts dem Herrn Vater sagen«, sagte er. Er schlug mit zwei Fingern leicht auf den Tisch und fuhr fort: »Lehre Nummer eins, junger Herr: Wir – pak-tie-ren – nicht – mit – dem – Feind, und sei er noch so liebreizend! Was glaubt der Herr denn, warum ich an der Mauer so viele gut bezahlte Leute zu sitzen habe? Damit ein Brief an die Tochter unseres Feindes Bundislaus so mir nichts dir nichts die Postschleuse passiert? Sehr naiv!«

Stasius lehnte sich genüsslich zurück. »Natürlich hat der Mitarbeiter, der den Brief eines gewissen jungen Herrn aus dem Korb fischte und wie einen fehl geschwommenen Fisch aufschlitzte, eine kleine Geldprämie bekommen. Und natürlich habe ich eurem Herrn Vater nichts gesagt. Dieser arbeitet schließlich hart für das Wohl seines Volkes. Wie enttäuscht wäre er, wenn er erführe, wie ihn sein Sohn dabei unterstützt.«

Stasius griff sich den Brief, zerriss ihn in hundert kleine Schnipsel und gab Daniel den Wink zu verschwinden. Als dieser schon an der Tür war, hielt ihn die weiche Stimme Stasius' für einen letzten Augenblick zurück: »Und noch etwas: Jeder weitere Besuch im Turm ist vorher schriftlich – in dreifacher Ausfertigung – anzumelden. Während des Aufenthalts im Turm ist es nicht gestattet, Akten zu berühren, Sessel zu verdrehen und Filme hin und her zu spulen. Danke und auf Wiedersehen!« Das alles in gespielt amtlichem Ton vorgetragen, von einem unverwüstlichen Grinsen begleitet. Schwankend ging Daniel auf sein Zimmer – schwach und niedergeschlagen von so viel Bosheit.

Aber die Liebe ist stärker. Es musste doch einen Weg geben, einen Brief zu Beatrice zu befördern, dachte er sich. Mit schweren Augenlidern und klopfendem Herzen schrieb er einen neuen Brief an seine Angebetete. Am Morgen verstaute er ihn tief in der Manteltasche und machte sich auf den Weg zu einem Schulfreund. Ihm war nämlich eine Idee gekommen. Sein Schulfreund hatte einen Onkel, der Brieftauben züchtete. Vielleicht besaß er ja gerade eine, die die Route in Bundislaus' Reich flog. Daniel übergab den Brief an seinen Freund, nicht ohne ihn hundertmal zu ermahnen, doch bitte vorsichtig zu sein. Der Schulfreund versprach es ihm mit großem Ernst, denn er erkannte, in welchen Nöten Daniel steckte. Er versprach auch, seine Adresse zur Verfügung zu stellen, damit Beatrice antworten konnte. Ach, wenn sie doch nur antwortete! Wenn sie dieser Brief doch erreichte!, dachte Daniel. Der Onkel, mit dem sein Schulfreund redete, war einverstanden, eine Taube loszuschicken. Denn – welch ein Glück! – kürzlich hatte ein Treffen mit Taubenzüchtern aus dem Lande Bundislaus' stattgefunden, und man hatte Prachtexemplare ausgetauscht, um sie sich gegenseitig wieder nach Hause zu schicken. Auch beim Onkel hockte solch ein Exemplar im Taubenschlag, das bald mit dem Brief an Beatrice die Reise antreten sollte. Der Onkel war gerne dazu bereit, denn man half ja nicht jeden Tag einem Prinzen.

Tage vergingen, in denen Daniel vor lauter Befürchtungen und Grübeleien nicht schlafen konnte. Königin Gertrud besuchte ihn mit besorgter Miene in seinem Zimmer. Doch Daniel wollte und konnte ihr nichts erzählen. Er fühlte sich krank vor lauter Ungewissheit. Diese aber hielt – wir ahnen es schon – nicht lange an. Es war ein wunderschöner, sonniger Tag, als Stasius Daniel wieder zu sich rief. Wie wenig passte dieser Tag zu dem, was ihn erwartete! Doch Daniel spürte eine eigenartige Ruhe, als er dieses Mal das Büro des Stasius betrat. Woran lag das? Der schöne Tag und dieses karge, muffige Büro, die Sonne über dem Park und dieses undefinierbare Grinsen des Stasius – all das versetzte ihn in eine Stimmung der Unwirklichkeit. Er schaute sich das Ganze an wie eine Szene auf der Bühne. Vielleicht lag es daran, dass er dem Folgenden nicht entrinnen konnte. Und so, wie manches auf der Bühne möglich ist, überraschte ihn auch nicht, das sein Vater mit in diesem kargen Büro saß. Dieser Stasius hatte doch tatsächlich den König genötigt, sich in diese Feldbett-Atmosphäre herunter zu bemühen.

Daniel sah seinen Vater nach langer Zeit zum ersten Mal – in erschreckender Deutlichkeit. Oh, wie war er gealtert! Hatte sein Vater vor wenigen Jahren wenigstens noch den Stolz verkörpert, aus einer armen Familie bis an die Spitze des Staates aufgestiegen zu sein, so wirkte sein Gesicht jetzt starr und leer. Er war nicht mehr der drahtige, lebendige Tischler, der drei Treppenstufen mit einem Schritt nehmen konnte, sondern er saß kurzatmig und moppelig im Stuhl. Die Glatze zierte nun fast seinen ganzen Kopf, und das Kinnbärtchen war grau und schütter. Griesgrämigkeit, gepaart mit Ignoranz, schienen sein Wesen zu beherrschen. Daniel erkannte: Seinem Vater ging es gar nicht mehr um den frischen Kampf und die Welterneuerung, von denen er immer geredet hatte. Er konnte nur noch allergisch auf alle Widrigkeiten und Probleme reagieren. Schon lange wollte er nichts mehr davon hören. Sein Zustand ließ nur noch zu, sich an jene zu klammern, die ihm versprachen, seine Macht zu retten. Daniel erkannte, dass sein Vater diesen Stasius wirklich brauchte, um sich alles Unangenehme vom Hals zu halten. Er sah so klar wie nie zuvor, dass Stasius seinen schwachen Vater in der Hand hatte.

Von seinem Vater konnte er also keinen Schutz erwarten, und so ließ er das Unvermeidliche über sich ergehen wie eine Woge kalten Wassers. Daniel wusste, dass die Sache mit der Brieftaube schiefgelaufen war. Er fragte sich nur, wie es genau passiert war und wie Stasius seinen Triumph dieses Mal inszenieren würde. Zunächst legte König Dederow los. Er sprach mit brüchiger Stimme von »Verrat im eigenen Hause«, von seiner Lust, »den Verräter zu verstoßen«, ihn »zu enterben«, von der »Schlange«, die er »am Busen genährt« habe, von den »kriminellen Elementen«, die sein Lebenswerk zerstörten – und mit allem meinte er Daniel, seinen Sohn. Der Ausbruch dauerte nicht lange. Dederow sah seinen Sohn dabei gar nicht an. Er fragte auch nicht, warum Daniel all das getan hatte, was er ihm vorwarf. Seit längerem redeten sie nicht mehr miteinander.

Dann hatte der Intimus Stasius seinen Auftritt. Dieses Mal legte er keinen Brief auf den Tisch, sondern er grinste, griff in die Schublade, pfiff kurz durch seine Zähne und warf ein Häuflein Federn vor Daniel auf die Tischplatte.

»Lehre Nummer zwei, junger Herr«, sagte er: »Alles, was über unser Ter-ri-to-ri-um fliegt, braucht eine Flugge-neh-mi-gung! Nichts flattert umher ohne unser Wissen. Übrigens«, fuhr er mit leiser Stimme fort, »auch unsere Mitarbeiter züchten Tauben. Warum dann der Umweg über irgendeinen Onkel? Der übrigens froh ist, dass er seine Zuchterlaubnis nicht verliert.« Stasius fegte die Taubenfedern vom Tisch, und plötzlich verschwand sein Grinsen. Klar und drohend sagte er zu Daniel: »Das ist eine ernste Warnung. Das nächste Mal knallt's!«

Das graue Ungetüm und der Alte

Daniel lief wie betrunken in sein Zimmer zurück. Dort erwartete ihn schon seine Mutter, Königin Gertrud, besorgt und den Tränen nah. Sie beschwor ihn: »Lass es sein, Daniel! Du hast keine Chance. Schlag dir dieses Mädchen aus dem Kopf. Muss es denn gerade dieses sein? Es gibt doch so viele!« Daniel schüttelte trotzig den Kopf. Seine Mutter sagte: »Dein Vater liebt dich, aber die Sorgen fressen ihn auf. Und Stasius ist überall, das weißt du. Du stürzt dich ins Unglück und uns alle mit. Dieses Mädchen ist doch schließlich die Tochter unseres schlimmsten Feindes!«

Geschützt durch die Umarmung seiner Mutter, begann Daniel plötzlich zu heulen. Er konnte es einfach nicht mehr zurückhalten. Es kam geflossen, herzzerreißend und heiß wie schon lange nicht mehr. »Aber-ich-mag-sie-doch-so«, stieß er zwischen Rotz und Wasser hervor. Eine Mutter – hin- und hergerissen zwischen Mitleid und Verantwortung – möchte man in solchen Momenten natürlich nicht sein.

Denn die Warnungen hielten nicht lange vor. Wieder schrieb Daniel Beatrice einen Brief, sehnsuchtsvoller als die vorangegangenen. Ein letztes Mal wollte er es versuchen. Ein allerletztes Mal. Warum tat er es? Er kannte Beatrice doch gar nicht. Vielleicht hätte sie über ihn gelacht. Doch Daniel konnte nicht anders. Er war verliebt, und Verliebte sind in ihrer Herzensnot nun mal bereit, große Gefahren auf sich zu nehmen, um ans Ziel ihrer Sehnsucht zu gelangen. Sie sind in der Lage, all ihre Sicherheiten einzureißen, ihre Konten zu verschenken und sich ins Unglück zu stürzen, nur für einen einzigen seligen Moment. Doch wehe, ihnen wird der Weg verbaut. Dann – oje – wächst ihre Sehnsucht ins Unermessliche. Das Bild der Angebeteten leuchtet in romantischen Farben – strahlend und übernatürlich. Das macht die Ferne, die Unerreichbarkeit, wie wir wissen. Nähe dagegen bringt – bei aller Liebe – nach einer gewissen Weile die Erfahrung mit sich, dass auch die Angebetete morgens Schlafsand in den Augen hat, nach einem Schluck aus der Brauseflasche rülpst oder selbstvergessen an den Füßen popelt.

Daniel also schrieb einen weiteren glühenden Brief. Am folgenden Tag verließ er die Residenz – sich vergewissernd, dass Stasius nirgends zu sehen war. Oh, was machte er, dieser verrückte Daniel? Er steuerte geradewegs auf die Mauer zu, an der er noch nie gewesen war. Ach, hätte er doch Vernunft angenommen! Daniel trug eine Tasche über der Schulter. Ein Schulfreund hatte ihm – nach wiederholtem Bitten – diese Tasche mitgebracht. Wozu er sie denn haben wolle, hatte der Freund gefragt. Daniel hatte geantwortet: »Ich will das Ding im Park mal ausprobieren.« Das Ding war ein Ballon. Sein Schulfreund gehörte zu einer Gruppe von Flugmodellbauern und hatte ihn zusammengenäht. Normalerweise durften solche Geräte nur auf einer Wiese fern der Mauer ausprobiert werden. Daniel jedoch schritt todesmutig genau auf das graue Ungetüm zu. Schon hatte er die letzten Häuser passiert und sich in eine Kleingartensiedlung geschlichen, die niemand betreten durfte, der dort nicht wohnte. Schon hatte er das letzte Häuschen erreicht und stand vor einem Zaun.

Nun sah er erst, was für eine gigantische Mauer-Anlage Stasius im Verlaufe der Jahre hatte errichten lassen – auf Befehl von Daniels Vater. Dem Zaun schloss sich ein breiter Sandstreifen an, mit Stacheldrahtrollen und fetten Stahlträgerkreuzen, die wohl sogar Panzer aufhalten sollten. In der näheren Ferne sah Daniel einen Wachturm, Hunde liefen an Ketten umher. Und hinter allem erhob sich die eigentliche Mauer, so hoch wie ein kleines Haus, aus hässlichem grauen Beton und unüberwindbar. Daniel hockte sich an einen Gartenzaun, neben einen Busch und zog die Ballonhülle aus der Tasche. Eine Heliumflasche hatte ihm sein Schulfreund nicht besorgen können. So musste es nun eine Pumpe tun. Nach wenigen Minuten war der Ballon aufgeblasen. Er war schreiend bunt. Ein wenig unauffälliger hätte ihn Daniel sich schon gewünscht. Er legte den Brief in den kleinen Ballonkorb. Weil ihm ohnehin alles egal war, hatte Daniel in einem Anfall trotzigen Stolzes seinen vollen Absender auf das Kuvert geschrieben. Ihm ging es nur darum, dass Beatrice sein Bekenntnis zu ihr erfuhr. Er lief auf den Zaun zu, hob den Ballon in die Höhe und gab ihm einen Schubs, so kräftig und hoch er konnte.

Eine kleine Windböe erfasste den Ballon. Heute meinte es das Schicksal wohl gut. Als knallbunte Provokation schaukelte der Ballon über die Maueranlage. Die Hunde an der Leine bellten ihn an wie einen betupften Mond. Auf dem Wachturm begannen die Soldaten ihr Wettschießen. Doch der Wind – o Freund der Verrückten – trieb den Ballon höher und höher. Schon flog er über die Mauer, schon war er auf der anderen Seite, da schubste ihn plötzlich eine hinterhältige Böe wieder zurück in die Richtung der Kleingärten. Er fegte über die Bäume, ein Schuss traf ihn und – floppp – fern von Daniel stürzte er kläglich ab. Die Hunde kläfften triumphierend. Alles war aus!

Ein alter Mann hatte die Szene beobachtet. Er stand hinter einem Gartenzaun, unweit von Daniel und sagte: »Ach, Junge, nimm die Beine in die Hand. Lauf weg! Sie werden gleich hier sein. Du wärest nicht der Erste, den sie schnappen.«

Daniel blickte den Alten wie erstarrt an.

»Erschrick nicht, Junge!«, sagte dieser. »Du würdest nicht glauben, was ich hier schon alles gesehen habe. Einmal schwebte ein Ballon, zwanzigmal so groß wie deiner, über mich hinweg. Im Korb saß eine ganze Familie. Die

Kerle schossen wir wild von ihrem Wachturm. Aber der Ballon landete unversehrt auf der anderen Seite. Diese Verrückten! Solch ein Leichtsinn! Andere Leute gruben monatelang einen Tunnel unter der Mauer hindurch. Man vermag es kaum zu glauben, aber auch sie schafften es – mit Hilfe von der anderen Seite. Wenige hundert Meter von hier schossen junge Leute mit einer Harpune ein Seil hinüber, von Hausdach zu Hausdach. Ein Bekannter befestigte auf der anderen Seite das Seil, und die jungen Leute fuhren mit einer Art Seilbahn über die Mauer hinweg.«

Der Alte, der eine ausgebeulte Gartenhose und einen Hut trug, schüttelte den Kopf. Er sagte: »Es sind immer die jungen Leute. Wie findig sie doch sind, wenn es darum geht, über diese Mauer zu kommen. Und warum? Weil sie unzufrieden sind, unglücklich, ein Abenteuer suchen, endlich die Welt sehen möchten, das Paradies dort drüben erwarten? Ich weiß es nicht. Lohnt es das alles?« Der alte Mann blickte zärtlich auf Daniel und sagte: »Du solltest jetzt eigentlich laufen. Ach, ich habe schon einige gesehen so wie dich, die sogar mit Leitern versuchten, über den Zaun und die Mauer zu kommen. Sie wussten nicht, dass schon die Berührung des Zaunes einen Alarm auslöst. Sie wussten nicht, dass die Hunde an ihren Laufleinen sekundenschnell am Ort sind. Sie wussten nicht, dass die Soldaten auf dem Wachturm belohnt werden, wenn sie einen Mauerkletterer zur Strecke bringen. So manchen Jüngling haben sie schon weggeschleppt, und so mancher hat hier gelegen, nur wenige Meter von mir. Mein Herz wird mir schwer, mein Junge.«

Der Alte öffnete die Tür zu seinem Garten. »Komm, lauf schnell hier durch! Du kannst auf der anderen Seite über den Gartenzaun steigen und kommst auf einen Weg, der dich schneller hinausführt. Und lass dich nie wieder hier blicken! Lauf zurück! Leb dein Leben! Mach deine Arbeit! Verlieb dich! Auch hierzulande gibt es viel zu tun.« Daniel nahm den Weg, den der Alte ihm gewiesen hatte. Dieser winkte ihm noch hinterher, nicht ahnend, welchen Stich er ihm mit der Bemerkung »Verlieb dich!« verpasst hatte. Daniel blickte nicht auf das hässliche graue Monstrum der Mauer zurück. Er lief durch die Kleingärten und kam endlich wieder auf die Straße hinaus.

Doch, o Schreck! Dort warteten schon – dümmlich grinsend – die Mitarbeiter neben einem schwarzen Wagen. Daniel folgte seinem Fluchtimpuls und schlug einen Haken in die andere Richtung, aber die Mitarbeiter waren für solche Fälle gut trainiert und viel schneller als Daniel. Sie packten ihn und setzten ihn in den Wagen. Ab ging es in die Residenz.

»Lehre Nummer drei: Dumm-heit schützt vor Stra-fe nicht!«, sagte Intimus Stasius, der schon auf der Treppe gewartet hatte. Er grinste nicht. Er bemühte sich nicht einmal, besonders zynisch zu sein. Er gab keine Erklärung, verlas Daniel auch keine Rechte, wie man es in Filmen so oft sieht. So etwas gab es hier nicht. Er lief einfach voraus, über den Flur zum Turm. Von der Wendeltreppe ging noch eine dunkle Tür ab, die Daniel bei seiner Erkundung nicht gesehen hatte. Stasius schloss sie auf. Es roch nach modrigem Keller, und es ging eine schmale Treppe hinunter bis zu einer weiteren Tür aus Eisen. Auch diese öffnete Stasius. Er forderte Daniel auf hineinzugehen. Zwei mal drei Meter, kahle Wände, eine Glühbirne, ein Tisch, ein Stuhl, ein Klappbett, ein Waschbecken, ein offenes Klo.

»Das ist unser Gästezimmer, stets für Leute wie dich reserviert«, sagte Stasius. Er sparte sich jede Etikette. Für ihn war Daniel erledigt. Hinter ihm warf er die Eisentür ins Schloss. Daniel hörte, wie seine Schritte auf der Treppe sich entfernten – und er war allein.

Die ferne Rosenhecke

Musste es wirklich so kommen? Wie aber sollte die Sache sonst ausgehen? Legte man sich denn mit einem Stasius an? Und wenn: Tappte man dabei von einer Falle in die nächste? Gut, wir haben leicht reden. Wir leiden nicht an einer unglücklichen Liebe, die uns schier verrückt macht. Und wenn doch, dann steht uns kein Stasius im Wege. So hoffen wir jedenfalls. Wir sehen Daniel in seiner Zelle sitzen, und wir denken: Nun müsste er doch an die Tür trommeln und schreien. Aber seltsamerweise blieb er ganz still. All seine Unruhe war aus ihm verschwunden. Sein Herz klopfte gleichmäßig. Er spürte keine Angst. Warum fürchtete er sich nicht in dieser finsteren Zelle? Angst – dieses Gefühl speist sich wohl auch aus dem Wörtchen »könnte«. Es könnte etwas schiefgehen. Ich könnte die Mathe-Arbeit verhauen. Der Nachbar könnte mich beim Äpfelklauen erwischen. Der Balkon könnte abstürzen. Alles Mögliche könnte passieren ... Wenn aber bereits das Schlimmste eingetreten ist: Wozu lohnt dann noch die Angst? Wenn es keine Hoffnung mehr gibt, wenn das Ziel, für das man alles in die Waagschale geworfen hat, unerreichbar geworden ist, dann bringt man keine Energie mehr auf, Angst zu haben. Denn Angst ist – genau wie Freude – reine Energie.

Oben lief Daniels Mutter umher. Sie war die Einzige, die Krach schlug. Sie machte Gezeter, störte den König mitten in einer Ministerrunde. Wieso man ihren Sohn eingesperrt habe?, fragte sie.

»Den Denkzettel hat er verdient«, sagte König Dederow. »Er soll lernen, sich an unsere Ordnung zu halten, wie jeder Staatsbürger!«

Königin Gertrud zog ihn in ein Nebenzimmer. »Aber er ist doch erst sechzehn« rief sie.

»Trulla, er hat andere Leute angestiftet, die Mauer – unser hehres Bollwerk gegen Bundislaus – mit Füßen zu treten«, entgegnete Dederow. »Er hat alles versucht, mit heimlichen Mitteln und in Gegnerschaft zu mir Kontakt mit dem Feind aufzunehmen!«

»Aber, Dedi, er ist vor Liebe blind!«

»Vor Liebe blind? So etwas kenne ich nicht. Noch nie erlebt! Dagegen kann man etwas tun, wenn man sich nur ein wenig in der Hand hat. Er muss lernen, seine Gefühle unter Kontrolle zu haben, sein Herz zu zügeln und wenn nötig auch zu bezwingen, und zwar im Dienste der großen Sache. Immerhin geht es hier um die neue Welt der Gleichheit und Gerechtigkeit – nu!?«

»Aber, Dedi, was ist denn diese neue Welt wert – ohne Liebe?«, fragte Königin Gertrud.

»Liebe?«, entgegnete König Dederow. »Aber doch nicht zu meinem Feind! Und liebe ich etwa nicht? Liebe ich nicht mein Volk wie ein Vater, der ein strenges Auge auf seine Kinder hat, damit sie nicht in ihr Unglück rennen? Muss ich sie nicht immer wieder zu ihrem Glück zwingen? Ohne die Mauer, die wir gebaut haben, wären sie doch längst in die Falle dieses Bundislaus getappt.« Dederow war schon lange davon überzeugt, dass sein Volk undankbar war und insgeheim mit König Bundislaus fremdging. In seinem eigenen Sohn glaubte er das nun leibhaftig bestätigt. Aber über die Ursachen dessen wollte er nicht nachdenken. Er hatte nicht die Kraft dazu. Und so fraß der Groll in ihm, stetig und unaufhaltsam.

Königin Gertrud schaute ihren Mann lange an und sagte dann: »Aber wirkliche Liebe, Dedi, ist etwas Selbstloses. Gegenliebe kann man nicht erzwingen.«

Doch der König wollte auch das nicht hören. Die Königin seufzte wieder einmal tief und lief zum Intimus Stasius. Sie bekniete ihn, ihren Sohn doch freizulassen. Aber auch Stasius sprach von einem »bitter nötigen Denkzettel« und von der Notwendigkeit, rechtzeitig »die Zügel anzuziehen«. Er erlaubte ihr dennoch, ihren Sohn zu besuchen. Als sie in der Zelle angekommen war, sah sie in Daniels Augen, die müde und leer waren. Nichts mehr in ihnen von Romantik oder Entschlossenheit. Königin Gertrud war beunruhigt. Sie dachte: Irgendwas muss er doch tun, er darf sich doch nicht fallenlassen! Und sie beredete ihn, wenigstens etwas zu lesen, zu schreiben oder zu zeichnen. Abends brachte sie ihm ein paar Bücher, einen Block Papier und einen Stift in die Zelle. Doch Daniel starrte nur regungslos auf einen Fleck an der Wand.

Beatrice ging es übrigens nicht viel besser. Das wusste Daniel aber nicht. Nach ihrem zornigen Ausbruch hatten ihre Eltern, der König und die Königin, noch eine Weile wie vom Blitz getroffen auf dem Sofa gesessen, sich aber recht schnell wieder aufgerappelt. Sie beratschlagten, was sie tun sollten, und waren sich schnell einig: Das durften sie nicht auf sich sitzen lassen! Diese flegelhafte Missachtung ihrer stolzen Fabrikantentradition, ihrer Gerichtsrats- und Staatssekretärs-Vorfahren! Diese rüpelhafte Schmähung all ihrer Werte, des Wohlstands und des Erfolgs, der Grundsäulen ihrer Herrschaft! Diese unqualifizierten Äußerungen über die Materialbeschaffenheit der königlichen Garderobe! Und das alles in einer grässlichen, nahezu ungeheuerlichen Gossensprache vorgetragen!

König Bundislaus und seine Frau reagierten wie alle Eltern, die Kritik in Teenagersprache nicht verdauen können. Sie schossen zurück, und zwar mit schwerem Geschütz. Zunächst verboten sie Beatrice jeglichen – aber auch wirklich jeglichen – Umgang mit den »Wilden«. Damit meinten sie jene Freunde, die mit ihr auf Fahrrädern ans Meer fahren wollten. Sie kontrollierten von nun an Beas Post, untersagten ihr, laut Musik zu hören, überhäuften sie mit

»nützlichen« Aufgaben. Sie musste Schriftstücke sortieren und Briefe kopieren – »damit sie mal sieht, wie schwer und verantwortungsvoll die Staatsgeschäfte sind«. Sie musste jedes Kleidungsstück, das sie anziehen wollte, vorlegen, um es auf Repräsentationstauglichkeit prüfen zu lassen – »wie bei einem Kleinkind, aber es geht ja wohl nicht anders«. Sie musste bei Empfängen direkt neben ihren Eltern stehen, in die Kamera winken, gewinnend lächeln und freundlich mit Journalisten parlieren – »damit sie lernt, dass Repräsentieren eine ernste Aufgabe ist und kein Jux«. Sie musste beim Essen gerade sitzen, ihre Locken in eine Turmfrisur zwingen, ihre Sommersprossen überpudern lassen. Sie musste ihre Eltern beim Besuch des Königs von Makaronien begleiten und zwei Wochen lang auf einer Yacht das Gerede eines langweiligen, braungebrannten Prinzen anhören.

Ach, wie hätten andere Mädchen sie beneidet. Auf einer weißen Yacht im blauen Mittelmeer, an der Seite eines echten Prinzen! Dieser redete jedoch den ganzen Tag von seinen Automobil-Wettrennen, und es gelang ihr nicht, hinter der Sonnenbrille seine Augen zu erkennen. Während die Sonne auf sie niederbrannte und der weiß gekleidete Diener ihnen Cocktails servierte, verschanzte sie sich hinter einer Mauer der Gleichgültigkeit. Ihre Eltern glaubten, sie nun endlich »zur Vernunft gebracht« zu haben. Aber als sie wieder in Bärenburg in ihrem Zimmer war, fühlte sie sich elender als zuvor. Sie ging auf und ab, ihr Schritt war nicht mehr leicht, und zum Tanzen war ihr längst nicht mehr zumute. Ihre hellen Augen blickten ohne Begeisterung über das Land ihres Vaters, das sie durch ihr hohes Fenster sehen konnte.

Was quälte dieses undankbare Mädchen nur? Sie besaß doch alles, was man sich wünschen konnte. Im Gegensatz zu ihren Altersgefährtinnen, die auf der anderen Seite, bei König Dederow lebten, konnte sie in die Welt reisen, exotische Gegenden sehen, mit Prinzen verkehren, die schönsten Kleider aus dem Katalog bestellen, jede Frucht essen, nach der es sie gerade gelüstete, und jedes Buch lesen, das gerade im Gespräch war. Das Reich ihres Vaters war das freieste der Welt. So behauptete es Bundislaus jeden Tag wieder neu. Ein Schandfleck dagegen sei der von König Dederow widerrechtlich beherrschte, unfreie Teil.

Was ist eigentlich Freiheit?, fragte sich Beatrice. Wenn sie zu ihren Eltern gehen und ihnen ihre Meinung sagen könnte, ohne sofort wie eine Leibeigene behandelt zu werden – wäre das Freiheit? Oder musste man jedesmal einen Preis zahlen, wenn man ein Stück Freiheit für sich in Anspruch nahm? Wenn sie ihre schönen Kleider und die glänzenden Werbekataloge einfach in die Ecke schmisse, sich einen alten Pullover anzöge und mit Freunden aufs Land hinausführe – wäre das Freiheit? Wäre sie frei, wenn sie nicht mehr diesen ganzen Ballast aus Traditionen und Pflichten spürte? Wäre dann aber nicht der Ärmste, der nichts besaß und nichts zu verlieren hatte, zugleich der Freieste? Warum jammerten dann aber so viele dieser Armen, dass sie nicht die Freiheit besäßen, sich schöne Dinge aus dem Katalog zu bestellen und irgendwohin zu reisen?

Beatrice konnte alles besitzen, was es für Geld zu haben gab. Aber sie sehnte sich verzweifelt nach etwas, das man sich für noch so viel Bundis-Taler nicht kaufen konnte. Sie sehnte sich nach dem Kribbeln in der Magengegend, nach einem Lagerfeuer, nach einem Zelt am Meer und Nächten auf einer Schlafmatte, nach etwas Aufregendem, das ihr Herz bewegen konnte.

Um sich abzulenken, griff sie wieder zu ihrem Fernglas und schaute aus dem Fenster. Ihr Blick wanderte über die Häuser Bärenburgs. Schwenkte sie nach links, erblickte sie Fabriken und Felder. Stellte sie das Glas auf die Ferne ein, sah sie das Band der Mauer. Von der Abendsonne beschienen, leuchteten die Sprüche und Malereien an der grauen Wand. Dieses Mal konnte sie dahinter auch ganz deutlich die Residenz König Dederows, des Feindes erkennen – mitsamt der Fahne, die auf dem Turm vor sich hin schaukelte. Ihr Blick wanderte zu jenem Teil der Mauer, vor den irgendein Verrückter eine wild wuchernde Hecke gepflanzt hatte. Vielleicht, weil er das kalte Grau direkt vor seinem Garten nicht mehr sehen wollte. Plötzlich – trotz aller Betrübnis, die sie eben noch beherrscht hatte – flog ein kleines Lächeln über Beatrices Gesicht: Sie sah: Die Hecke blühte. Sie war übersät mit Hunderten kleiner roter Rosen.

Irgendwann – nach Stunden oder Tagen, in denen er regungslos auf einem Fleck gesessen hatte – hob Daniel den Kopf. Er blickte sich in der Zelle um, und er erkannte plötzlich: So konnte man also auch leben, nur mit einem Stuhl, einem Tisch und einem harten Klappbett. Es lag wohl an seinem Zustand, dass er nichts vermisste. Lange würde das aber nicht so bleiben. Daniel lächelte, zum ersten Mal seit langer Zeit, und er schüttelte den Kopf. Denn er hatte noch eine interessante Entdeckung gemacht: An Beatrice zu denken schmerzte nicht mehr. Er sah sie plötzlich auf neue Art fern und dennoch vertraut. Er spürte, dass alles, was er erlebte – die Verhaftung des Gärtners, die Versuche mit den Briefen, die Rache des Stasius und diese Zelle – einen Sinn hatte, den Daniel noch nicht entschlüsseln konnte. Aber er fühlte, dass er schon jetzt klüger, reifer und stärker geworden war. Er rieb sich die Augen, als habe man ihn soeben in letzter Minute aus einem dunklen Schacht gezogen.

Und das alles hatte sie gemacht: Beatrice! Sie hatte ihn verändert, ohne dass sie es wusste, ohne dass sie ihn kannte. Einfach nur, indem es sie gab – mit ihren Augen, ihren Albernheiten, ihrem Frohsinn, der sich nicht um Autoritäten scherte. Aus dem ersten wilden Gefühl war in Daniel eine ruhige Gewissheit gewachsen: Egal, ob er sie einmal kennen lernen würde, Beatrice war sein. Er musste sie nicht haben oder besitzen, nicht eifersüchtig über sie wachen – sie war einfach in seinen Gedanken. Er glaubte, ihr sein Inneres anvertrauen zu können, wie einer Freundin, obwohl sie seine Briefe vielleicht niemals lesen würde. Denn der Weg zu ihr blieb ihm versperrt. Daniel griff sich Stift und Papier, um diesen Moment festzuhalten. Er begann, einen Brief zu schreiben, ganz so, als wäre es ein Tagebuch.

»Liebe Beatrice«, schrieb er,

»wir kennen uns nicht und werden uns wohl auch nie kennenlernen.

Dabei würde ich Euch gerne einmal von mir erzählen, Euch an einem späten Sommertag in der Abendsonne mein Herz öffnen. Ich glaube, Ihr wäret eine gute Zuhörerin, und gewiss hättet Ihr auch viel über Euch zu erzählen, was mich begeistern oder einfach nur froh stimmen würde.

Ich sah Euch nur wenige Sekunden lang in einem Film. Und auch das war schon ein Vergehen, denn ich musste mich dazu nachts in einen verbotenen Turm einschleichen. Für das und anderes sitze ich jetzt in einer Zelle.

Aber es lohnt sich: Euer Lächeln, Eure Augen und Eure kleinen Späße zeigten mir, dass Ihr ganz anders seid, als mir die Leute Eures Reiches beschrieben wurden. Ich hörte, sie sollen immer nur an das Geld denken und wie es zu vermehren sei. Ich hörte, sie seien überheblich, sie glaubten stets, etwas Besseres zu sein, und verachteten uns.

Aber Ihr würdet mich vielleicht nicht verachten, wenn wir miteinander redeten. Ihr würdet vielleicht neben mir sitzen, und wir würden uns auch schweigend verstehen.

Denn ich glaube, wir haben viel gemeinsam, obwohl eine hohe Mauer uns trennt. Wir beide wissen, dass es noch etwas anderes gibt als Geld oder Macht.

Glaubt mir, liebe Beatrice, ich verachte diese herzlosen Mächtigen, die mich daran hindern, zu Euch zu gelangen. Ihnen ist nichts heilig. Sie treten Gefühle mit Füßen. So wie sie möchte ich nie werden.

Doch eines quält mich: Ich bin ja schon einer von ihnen. Ich soll einmal ihre Macht übernehmen. Ich bin der

Nachfolger König Dederows, dagegen kann ich gar nichts machen. Dazu bin ich auserwählt, dazu will man mich stählen und heranziehen.

Was soll ich tun, Freundin? Ich liebe mein Land, auch wenn Ihr es vielleicht nicht versteht. Ich will, dass Ihr eines Tages einen bewundernden Blick aus Euren schönen Augen zu uns herüber schickt, dass die Feindschaft zwischen unseren Häusern ein für allemal beendet ist. Ich kann nicht genau beschreiben, wie mein Land einmal sein wird. Ich denke an etwas Fernes, Schönes, nie Dagewesenes. Es gleicht auch nicht Eurem Land, wie es jetzt ist, denke ich. Nehmt mir das bitte nicht übel. Aber ich sehe es nicht als mein Ziel an, die Welt mit noch mehr Automobilen und Butterbergen zu verstopfen. Was die Leute brauchen, sollen sie schon haben. Aber was braucht man schon wirklich? Ich sitze hier in meiner Zelle mit einem Stuhl, einem Tisch und einem Klappbett. Und es gibt nur eines, was mir fehlt: Freunde, so wie Ihr einer wäret. Dessen bin ich gewiss. Mir genügt, ein einziges Mal in Euer schönes Gesicht zu schauen, um es zu wissen.

Ich denke an Euch in Liebe.«

Man glaubt es kaum, dass dieses wohl gedrechselte Werk dem Kopf eines Sechzehnjährigen entsprungen war. Es scheint nahezu unglaublich, wie sich Daniel in der kurzen Zeit, die wir ihn kennen, entwickelt hatte. So ist das mit dem Leid. Manche macht es früh reif. Aber Daniel wusste gar nicht, was er da geschrieben hatte. Er fühlte nur Erleichterung, endlich festgehalten zu haben, was ihn bedrückte. Nach all seinen Erlebnissen war ihm klar, dass er in der Residenz seines Vaters fast so etwas wie ein Fremder war. Er faltete seinen Brief zusammen und legte ihn zwischen die Bücher, die seine Mutter ihm mitgebracht hatte.

Der Friedensbote überbringt Geschenke

Während sich unsere Sechzehnjährigen mit ihren Gefühlen herumschlugen, trieben die Mächtigen ganz andere Sorgen um. In den Königshäusern diesseits und jenseits der Mauer herrschte große Aufregung. General Genny und der rote Marschall – die beiden Großmächtigen, von denen wir lange nichts gehört haben – waren im Fortgang unserer Geschichte alt geworden. Aber sie lebten noch, und noch immer konnten unsere beiden Bärenburger Könige nicht unabhängig von ihnen regieren. Das Verhängnisvolle dabei war, dass sich die beiden Großmächtigen in ihrem verbockten Starrsinn erneut ineinander verbissen hatten, und zwar fast noch schlimmer denn je.

Wieder ging es nur darum, dem anderen zu zeigen, wer mächtiger und stärker sei. Sie rasselten dabei mit den alten Säbeln. Sie hatten noch immer ihre Soldaten in Bärenburg, und sie setzten es durch, dass auch Bundislaus und Dederow aufrüsteten, neue Soldaten einzogen, neue Bomben, Kanonen und Raketen anhäuften. Nicht nur, dass das eine Unmenge an Talern kostete – das Kriegsgerät türmte sich diesseits und jenseits der Mauer auf engstem Raum, und wenn jemand eine Lunte an eines der Pulverlager gehalten hätte, so wäre ganz Bärenburg in wenigen Sekunden in die Luft geflogen. Die ganze Angelegenheit sah also dank der verknöcherten Feindseligkeit der alten Großmächtigen äußerst gefährlich aus.

Doch plötzlich geschah etwas, das niemand für möglich gehalten hatte. Die beiden Könige – Bundislaus und Dederow – beschlossen, miteinander zu reden. Nach endlosen Jahren der gegenseitigen Beschimpfungen und Beleidigungen wollten sie einen Draht zueinander knüpfen – quer über die Mauer. Die Großmächtigen registrierten es zähneknirschend. Wer jetzt jedoch denkt, es ging ans Verbrüdern, der irrt sich. Es ging darum, sich zu verständigen, ehe der eine vermutete, dass der andere täte, was der eine befürchtete. Die Könige – mit einem Rest von Vernunft ausgestattet – hatten erkannt, dass nach einem wirklichen Krieg ihr ganzes Bärenburg am Ende in Schutt und Asche läge. Und das wollten sie nicht. Denn niemand liegt gerne tot unter einem Schutthaufen.

Der heiße Draht zwischen Bundislaus und Dederow bestand nicht nur aus einer direkten Telefonleitung für Krisenmomente, an deren Enden rote Apparate standen. Nein, es wurde auf jeder Seite auch ein Friedensbote eingesetzt, der hin und her fuhr, um Botschaften zu überbringen. Nur eines wollten die beiden Könige vermeiden: sich je Auge in Auge gegenüberstehen zu müssen.

Natürlich wählte Intimus Stasius auf der Seite Dederows den Friedensboten aus. Er sollte ja nicht nur Mitteilungen überbringen, der Art: »Wir planen, unsere Kanonen jetzt mal um hundert Meter zu verschieben. Bitte nicht erschrecken und nicht die Nerven verlieren! Es passiert nichts Schlimmes!« Nein, er sollte auch ein bisschen im Lande Bundislaus' umherhorchen und Stasius einige knusprige Informationen mitbringen, die dieser dann in seiner runden Turmzentrale säuberlich einordnen würde. Gegebenenfalls wüsste Stasius dann sogar mehr als Dederow, und das konnte einmal für die Erhaltung seiner Macht von Bedeutung sein. Mit dem Friedensboten, den er ausgesucht hatte, glaubte Stasius den richtigen Griff getan zu haben. Es war ein gedienter Diplomat. Er machte im Anzug eine gute Figur, bewegte sich elegant auf internationalem Parkett, konnte Königin Sophia Komplimente machen, ohne vor Peinlichkeit an einem Hustenanfall zu ersticken oder – noch schlimmer – König Bundislaus zu verärgern.

Er war freundlich und gewandt und hielt zudem Augen und Ohren offen.

Zunächst sollte er hinüberfahren, um sich bei König Bundislaus vorzustellen. Ein etwas griesgrämiger König Dederow und Intimus Stasius saßen zusammen und überlegten, welche Geschenke der Friedensbote als Zeichen der Achtung überbringen sollte. Es ging lange hin und her, die Berichte der Stasiusschen Spitzel im Umfeld Bundislaus' wurden wieder und wieder durchblättert, und schließlich fand man etwas, das den Vorlieben der Adressaten am ehesten entsprechen mochte: ein mit kunstvollen Schnitzereien verziertes Butterfass für König Bundislaus, eine Bärenfellkappe aus dem fernen Lande des roten Marschalls für Königin Sophia und eine todschicke schwarze Handtasche mit Perlenstickereien für Prinzessin Beatrice. Wie man hörte, war die junge Dame in letzter Zeit vom aufmüpfigen Schlabberlook zur atemberaubenden Eleganz umgeschwenkt. Warum auch immer. Da mochte das Vorbild der Königin Sophia eine Rolle gespielt haben. So genau konnten das Stasius' Spitzel auch nicht sagen. Die Geschenke wurden also herangeschafft.

Während der großen Vorbereitungen durfte Daniel die Zelle im Keller des Turmes verlassen und wieder auf sein Zimmer ziehen. Stasius glaubte, dass er den Denkzettel nie vergessen würde. Daniel nahm Stift, Block und Bücherstapel mit und legte alles auf seinen Tisch. Irgendwann erschien seine Mutter, um die Bücher mitzunehmen und sie wieder in die Bibliothek zurückzubringen. Und während sie sie wieder in die Regale sortierte, fiel plötzlich ein zusammengefaltetes Blatt herunter. Königin Gertrud bückte sich, nahm es, faltete es auseinander und las: »Liebe Beatrice«.

Ach Gott, der Junge, dachte sie. Sogar in der Zelle hatte er an diese Beatrice geschrieben. Die Königin sah ihn noch immer vor sich, wie er krank, blass und niedergeschlagen auf seinem Stuhl gesessen hatte, kaum wiederzuerkennen.

Sie selbst hatte ihn zum Schreiben animiert, und dieser Brief hier war nun das Ergebnis. Was tut man als Mutter in einem solchen Fall? Vor allem: Was tut man als Königin und Mutter? Königin Gertrud überlegte: Diese Beatrice schien zur Zeit das Wichtigste für ihren Sohn zu sein, auch wenn die Chance, sie einmal zu treffen, gleich null war. Was musste in diesem Jungen vorgehen! Sie erinnerte sich an ihren Mann, den König, und ihre Zeit in der Welterneuerer-Schule. Damals war er ein brauseköpfiger, zukunftsbegeisterter Tischler gewesen und kein gnatziger, misstrauischer alternder Mann.

Zweifellos, so dachte die Königin, wollte Daniel auch diesen Brief abschicken. Hätte er ihn sonst geschrieben? In seiner Zellenverzweiflung hatte er nur an diese Beatrice gedacht. Da lag es doch nahe, dass er bald eine noch viel schlimmere Dummheit machte, die ihn endgültig Kopf und Kragen kosten würde. Königin Gertrud beschloss, niemandem etwas zu sagen und die Sache selbst in die Hand zu nehmen. Dieser Brief musste zu seiner Adressatin, und zwar unauffällig! Wenn diese Beatrice darauf nicht antwortete, konnte die Königin ihrem Sohn später sagen: »Sie war es nicht wert.« Antwortete Beatrice wider Erwarten dennoch – nun, dann antwortete sie eben.

So also beschloss die Königin, und ob das klug war oder nicht, können wir noch nicht sagen. Sie nahm den Brief an sich und zog sich zum Nachdenken in ihr Zimmer zurück. Nach einer Weile verließ sie es wieder, ging auf leisen Sohlen in den Vorraum des Kabinetts, des Tagungsraums der Minister. In einer Ecke des Vorraums standen die Geschenke bereit, die der Friedensbote am folgenden Tag König Bundislaus und seiner Familie überreichen sollte. Gertrud sah das komische Butterfass, die zottelige Bärenfellmütze und die perlenbestickte Handtasche. Sie ergriff die Tasche, öffnete sie und suchte nach einem kleinen Innenfach. Denn es sollte ja nicht gleich jeder, der – aus Neugier oder weswegen auch immer – in diese Tasche schmulte, sofort den Brief finden. Leute wie Stasius gab es gewiss auch auf der Gegenseite.

Königin Gertrud fand eine Innentasche, schob den Brief hinein, stellte die Handtasche wieder an ihren Platz zurück und verschwand so schnell und leise, wie sie gekommen war.

Am folgenden Tag suchte Daniel den Brief. Er krabbelte auf dem Boden herum, suchte unter dem Tisch und in allen Ecken. Der Brief war für ihn so wichtig, dass er ihn in seiner Schublade neben anderen kleinen Schätzen aufbewahren wollte. Aber Daniel fand ihn nirgends. Verzweifelt ließ er sich auf sein Bett fallen. Wo war dieser Brief nur hingeraten? Wer hatte ihn weggenommen? War es Stasius? War es ein Geist? Das würde ewig ein Rätsel bleiben, denn Daniel konnte niemanden im Hause danach fragen.

Zur selben Zeit passierte ein schwarzer Wagen die Wachposten an der Mauer. Die Soldaten salutierten. Hier gab es nichts zu fragen, zu wühlen oder zu schnüffeln. Denn es war der Friedensbote, der seine erste Reise zu König Bundislaus absolvierte. Als er angekommen war, machte er übrigens seine Sache recht gut. Er hielt eine kleine Antrittsrede, lächelte freundlich, küsste Königin Sophia und ihrer Tochter die Hand. Der Händedruck, den er mit König Bundislaus tauschte, war nicht zu fest und nicht zu lasch, und auch das Überreichen der Geschenke brachte er mit der dazu gehörenden diplomatischen Geste über die Bühne. Der Draht war geknüpft, und alle waren froh, dass es so glatt abgegangen war.

Nach seiner Rückkehr rief Stasius den Friedensboten sofort in sein Büro, noch bevor er König Dederow Bericht erstatten konnte. »Und?«, fragte Stasius.

Der Mann, den er für die Mission ausgesucht hatte, konnte jedoch noch nicht viel berichten, schon gar keine Geheimnisse. »Bundislaus ist sehr auf Würde bedacht. Er lässt jeden spüren, dass er sich als den eigentlichen Herrn ganz Bärenburgs sieht«, sagte er.

»Na gut, das wissen wir. Aber wo können wir ihn packen? Hat er eine weiche Stelle?«, fragte Stasius.

»Ich hab' noch keine entdeckt«, erwiderte der Friedensbote, der mit seinem Bericht fortfuhr: »Die Königin ist eine sehr attraktive Erscheinung. Sie wirkt auffallend jung für ihr Alter.«

»Hat sie irgendeine Schwäche, die du bemerken konntest?«

»Bis jetzt nicht«, sagte der Friedensbote. »Die Prinzessin aber ist das reizendste und hübscheste Wesen, das man sich nur vorstellen kann.«

»Verguckt, was? Alter Gauner«, sagte Stasius, und sein Grinsen verbreiterte sich zu einer anzüglichen Grimasse. Hier war man unter sich, hier musste man kein Blatt vor den Mund nehmen. Der Friedensbote sagte: »Wirklich, sehr hübsch.«

Und Stasius beendete die Rapportstunde mit dem Satz: »Diese Prinzessin werden wir uns mal vormerken.«

Am Abend nach dem Besuch des Friedensbotens unterhielten sich König Bundislaus und Königin Sophia über die Geschenke. »Ein Butterfass«, sagte Bundislaus. »Gar nicht übel beschnitzt. Gott sei Dank haben sie nicht irgendwelche Szenen aus ihrer armseligen Welt darauf verewigt, sondern königliche Symbole. Sie kommen einfach nicht drumherum, Sophia. Es ist geradezu ein Sinnbild, dass jene, die selbst nichts zu buttern haben, mir, ihrem verhaßten Gegner, ein Butterfass schenken. Weil sie wissen, was unseren Erfolg, unsere Stärke und unsere Tradition ausmacht. Das ist fast schon eine Unterwerfungsgeste...« Königin Sophia unterbrach ihn in seinem Redefluss: »Naja, vielleicht denkst du da auch ein bisschen zu viel hinein. Meine Frage ist: Was tue ich mit der braunen Zottelmütze? Das Fell ist ja gewiss recht edel, aber wann kann ich so was schon mal aufsetzen? Im Skiurlaub? Aber wir fahren ja nie in den Skiurlaub, obwohl der König von Alpinien uns das schon ein paar Mal angeboten hat ...«

Doch was interessieren uns hier eigentlich die Eitelkeiten des Königs und der Königin? Wir warten schließlich ganz gespannt darauf, wann Beatrice endlich den Brief entdeckte. Doch was tat sie? Nach dem Treffen mit dem Friedensboten schlenderte sie, die schwarze Tasche unterm Arm, in ihr Zimmer. Sie legte die Tasche aufs Bett, löste das Band um ihr Haar und schüttelte es, bis es weich und lockig auf ihre Schultern fiel. Sie rieb sich das Gesicht von der Schminke frei, schleuderte ihre Pumps in die Ecke. Dann nahm sie die Tasche, drehte sie dreimal in ihren Händen herum, starrte wütend auf die Perlen, öffnete den großen Schrank und feuerte sie mit aller Kraft in die hinterste, dunkelste Ecke!

Die verfluchte schwarze Tasche

Während wir leise vor uns hin verzweifeln ob der Vergeblichkeit aller Bemühungen, vergingen wieder einmal viele, viele Monate. Wie viele genau, das wissen wir nicht mehr. Und während in der Tasche im Schrank der Brief vor sich hin alterte, knurrten sich die Großmächtigen an, wie es ihre Gewohnheit war. Die Könige Dederow und Bundislaus hielten ihren Draht aufrecht. Die Friedensboten fuhren hin und her, doch das Klima war nach wie vor kühl. Auf die Geschenke Dederows hatte Bundislaus mit seiner eigenen Variante reagiert. Er übersandte einen lackierten Hobel für König Dederow (damit er nie vergaß, wo er hergekommen war und wo er wieder hingehörte), ein Kleid für Königin Gertrud (grau, wie sie es liebte – allerdings aus Atlasseide, mit handgeklöppelten Spitzen, sauteuer) und für den Prinzen Daniel eine echte Jeans (wohl wissend, dass er sie im Hause Dederows nie würde anziehen dürfen, weil sie ein Symbol aus Feindesland war).

Die Mauer stand nach wie vor – trutzig und undurchdringlich. Kaum jemand erinnerte sich noch daran, wie es gewesen war, als sie noch nicht gestanden hatte. Wenn die Älteren davon erzählten, klang es wie ein Märchen. Der dick gewordene König Bundislaus faltete zwar täglich beschwörend die Hände und rief: »Ach, die armen Brüder und Schwestern auf der anderen Seite der Mauer! Was müssen sie leiden! Oh, wären wir doch wieder eins.« Aber wollte er das wirklich? Es lebte sich doch recht bequem, wenn man den eigenen Kritikern, die es im Bundislaus'schen Lande zur Genüge gab, den Mund mit der Bemerkung stopfen konnte: »Wenn's euch nicht passt, dann geht doch nach drüben, zu Dederow!«

Und König Dederow selbst konnte sich schon gar nicht vorstellen, dass diese Mauer nicht mehr existierte. War doch seine ganze Macht darauf gebaut, dass er seine Bürger von Bundislaus' Reich und seinen Einflüssen abschirmte. Daran hatte sich nichts geändert, es war eher noch schlimmer geworden. Nach wie vor durften die Leute aus dem Lande Bundislaus' ihre Tanten, Onkel, Nichten oder Cousinen im Lande Dederows besuchen. Umgekehrt war das schon viel, viel schwieriger. Wir haben es einst bei unserem Gärtner gesehen, der übrigens inzwischen längst mit seiner Frau im Lande Bundislaus' lebte. Leute, die auf Besuch dorthin fahren wollten, mussten einen Antrag schreiben und triftige familiäre Gründe dafür angeben. Dann hieß es, lange, lange zu warten. Der Antrag konnte genehmigt werden oder nicht – ganz nach Belieben des Mitarbeiters, der ihn zufällig bearbeitete. Stasius hatte seine Augen auf alles und jeden geheftet, und wenn jemand hinüberfahren durfte, dann mangelte es ihm zudem noch an Bundis-Talern. So konnte er sich nicht einmal die kleinste Kleinigkeit kaufen – ein Eis, etwas zu trinken, eine Kinokarte – und lag somit seinen Gastgebern auf der Tasche. Deshalb waren die Besucher aus dem Lande Dederows für die Leute auf der anderen Seite der Mauer nur noch »die armen Verwandten«.

Von alledem blieben unsere beiden Königskinder unberührt, weil sie nichts davon selbst erlebten. Nun waren sie fast erwachsen. Beatrice spielte ihre Rolle als Königstochter vorbildlich. Jeder, der sie sah, musste denken, dass das Repräsentieren ihrer ureigenen Natur entsprach. Warum war sie so geworden? Hatte sie resigniert und ihre Freunde mit den Fahrrädern und den Schlafmatten vergessen? Wir wissen es nicht. Niemand, der ihr damals begegnete, konnte sie wirklich erreichen. Sie gab die Prinzessin wie eine Schauspielerin auf einer Bühne. Sie sprach mit niemandem über das, was sie wirklich dachte und fühlte.

Ihre Gestalt wirkte nun nicht mehr so mädchenhaft wie einst. Sie ähnelte fast schon der einer jungen Frau. Ihre Augen unter den dunklen Brauen waren hell und schön wie eh und je, aber es lag ein neuer Ernst in ihrem Blick und – vielleicht – auch ein wenig Traurigkeit. Jedermann dachte, das wäre Besonnenheit und Stolz, aber es war wohl etwas anderes, das wir nicht ergründen können. Die Züge ihres Gesichts hatten das Backfischhafte verloren. Sie traten nun entschiedener hervor und sagten: Hier bin ich. Da war die gerade, vielleicht ein wenig zu spitze Nase (aber wer wird hier mäkeln wollen?), da war der geschwungene Mund, dessen Ausdruck in den Winkeln etwas leicht Trotziges anhaftete (vielleicht als letzte Erinnerung an ihre versuchte Auflehnung), und da waren ihre hohen Wangen, denen die Sommersprossen noch eine kleine lustige Note gaben. Für einen Moment erinnerte man sich an die alte, durchs Haus wirbelnde Beatrice, aus der nun diese stolze, unnahbare Prinzessin geworden war.

Daniel wiederum schien ein zuverlässiger »Staatsbürger« und legitimer Nachfolger König Dederows geworden zu sein. Zumindest war er auf dem Wege dahin. Der König und vor allem Intimus Stasius beobachteten, wie er ruhig und zielgerichtet seinen Aufgaben nachging, die zuallererst von ihm verlangten, sich ausbilden zu lassen, die Grundlagen der Macht zu lernen, die er einst übernehmen sollte. Der Denkzettel schien gewirkt zu haben. Auch die Mitarbeiter, die Daniel auf Schritt und Tritt beobachteten, hatten nichts Verdächtiges vorzubringen. In der Residenz Dederows lebte nun plötzlich kein unberechenbarer Junge mehr, der blind seinen Gefühlen folgte. In der Öffentlichkeit blickte er ernst und aufmerksam in die Runde. Seinen blonden Schopf hielt er scharf unter Kontrolle, und sein ehemals kindliches Gesicht bedeckte nun ein männlicher Bartschatten.

Haben wir hier wirklich einen neuen Daniel vor uns? Oder war alles nur vorgespielt? Auch das wissen wir nicht genau. Es tut uns aber in der Seele weh, dass es so aussah, als hätte er Beatrice und seine zärtlichen Briefe an sie ganz und gar vergessen. Königin Gertrud blickte ihn manchmal prüfend an, ob da nicht noch eine Spur von Unruhe oder Leidenschaft an ihm zu entdecken sei. Aber sie fand nichts, nur Leere. Daniel schien über alles hinweg zu sein. Er schien gelernt zu haben, was sein Vater von ihm einforderte: seine Gefühle unter Kontrolle zu haben, sich die Sehnsucht zu verbeißen, das Herz in eine eiserne Rüstung zu legen.

Königin Gertrud seufzte wieder einmal tief und hielt es schließlich nicht für notwendig, Daniel vom Verbleib seines Briefes an Beatrice zu erzählen. Viele, viele Monate waren vergangen, seit sie ihn in die Handtasche geschmuggelt hatte, und nun sah sie: Es hatte keinen Sinn, noch ein Wort darüber zu verlieren, da ja ohnehin keine Antwort zu erwarten war.

Und so dämmerte ein weiterer Morgen herauf. Zunächst erschien er uns wie ein ganz gewöhnlicher. Die Sonne stieg im Osten des Dederowschen Landes auf. Abends würde sie weit im Westen, dort wo das Reich des Bundislaus endet, untergehen. Aber bis dahin sollte noch einiges geschehen. Wieder einmal hatte sich der Friedensbote angesagt. In der Residenz von Bundislaus bereitete man einen kleinen Empfang vor, denn etwas Bemerkenswertes war geschehen. Beide Könige hatten einen Vertrag geschlossen, und der Friedensbote sollte feierlich ein von König Dederow unterzeichnetes Exemplar überreichen, damit auch König Bundislaus darauf seinen Namenszug setzen konnte. Zur selben Zeit war ein Friedensbote von Bundislaus in Richtung Osten unterwegs, damit Dederow auf einem zweiten Exemplar seine Unterschrift neben die von Bundislaus kritzelte. Das klingt unheimlich verworren, nicht wahr? Aber auf diese Weise vermieden es beide Könige, einander zu begegnen.

Der Vertrag hielt übrigens all das fest, was sich in den

letzten Monaten verbessert hatte und weiter verbessern sollte – von den Lockerungen an der Mauer (es wurde nur noch jede fünfte und nicht mehr jede zweite Tasche kontrolliert) über das Verleihen von Bundis-Talern an König Dederow, bis zur Ankurbelung des Handels oder der Einrichtung von festen Friedensboten-Büros auf beiden Seiten.

Wieder einmal war also Repräsentieren angesagt. Prinzessin Beatrice ließ sich gleichmütig dafür herrichten, ihre Frisur hochstecken, ihre hübschen Sommersprossen wegschminken, die Nägel lackieren. Irgendwann steckte ihre Mutter den Kopf zur Tür herein: »Beatrice, Kind, es wäre gut, wenn du heute Abend mal das Geschenk von König Dederow tragen würdest, die Handtasche, du weißt doch. Der Friedensbote ist da, und wir haben auch das Butterfass in eine Vitrine im Foyer gestellt, und ein Foto von mir mit der Bärenfellmütze hängt ganz unauffällig an der Treppe zum Empfangssaal. Ich weiß ja, Liebes, dass du diese Tasche nicht magst. Ich kann's ja auch verstehen, diese kitschigen Perlen und so …« (Seit Beatrice sich die Haare hochstecken und sich in elegante Kleider zwängen ließ, hatte Königin Sophia plötzlich unendliches Verständnis für sie.)

»Doch heute, nur heute mal, würde ich dich bitten …«

»Jaaa, Mama«, reagierte Beatrice leicht genervt, denn sie wollte verhindern, dass ihre Mutter ihre umständlichen Begründungen noch eine halbe Stunde lang fortsetzte.

Wo ist nur diese blöde Tasche?, fragte sich Beatrice. Mussten die denn immer Sonderwünsche haben? Reichte es denn nicht, einfach dazustehen und zu lächeln? Musste auch noch eine Tasche an einem baumeln?

Beatrice kroch in ihrem Zimmer herum, auf der Suche nach dieser »bescheuerten, doofen, verarmleuchteten, nervigen, ätzenden, völlig überflüssigen, blöden« Handtasche, die sie einfach nicht finden konnte. Sie war nicht da, wo die anderen doofen Taschen hingen. Sie lag nicht unterm Bett, nicht zwischen den Schuhen. Wo war sie nur?

Im Schrank? Wer steckte denn so eine blöde Tasche in den Schrank? Ach was, einfach nicht weitersuchen! Doch wenn man dann ohne Tasche käme, kriegten die Herrschaften wieder Pickel vor lauter Ärger. Und das wollte man doch nicht, was Beatrice, kleines Prinzessböhnchen? Wer wollte das schon? So redete Beatrice mit sich selbst, während sie in den Schrank krabbelte, sogar mit einer kleinen Lampe zwischen den Zähnen. Und siehe da, ganz hinten, neben all dem anderen Müll, lag das bestickte Plunderding, die schwarze Handtasche. Beatrice zerrte sie am Riemen hervor und warf sie auf den Tisch.

Nun gut, wenn wir schon ein Täschchen haben, dachte Beatrice, stopfen wir auch was rein. Ein Taschentüchlein, einen Lippenstift, ein Elefantenbaby, einen Flammenwerfer… (Wir sehen, die sonstige Vornehmheit des Fräulein Prinzessin war mehr oder weniger gespielt.) Sie öffnete die Tasche und warf eine Rolle Pfefferminzdrops, ein Taschentuch, einen kleinen Spiegel und einen Lippenstift hinein. Na gut, damit es nicht so klapperte, musste der Lippenstift in die kleine Innentasche umziehen. Beatrice öffnete sie und stutzte: Da war ein Zettel drin.

Was war das? Eine Waschanleitung, ein Fahrplan, die letzte Kneipenrechnung von Dederow, eine Kriegserklärung? Sie zog das Papier heraus, entfaltete es und las:
»Liebe Beatrice,

wir kennen uns nicht und werden uns wohl auch nie kennenlernen…«

Sie stutzte. Wer um alles in der Welt quasselte sie aus ihrer eigenen Tasche heraus an? Sie las weiter: »Dabei würde ich Euch gerne einmal von mir erzählen, Euch an einem späten Sommertag in der Abendsonne mein Herz öffnen…«

Ein Herz? Beatrice plumpste auf ihr Bett. Wer zum Teufel hatte noch ein Herz, das er öffnen konnte? Wer bitteschön redete heute noch so? Niemand aus ihrer Umgebung. Das war schon mal sicher.

»Ich glaube, Ihr wäret eine gute Zuhörerin, und gewiss hättet Ihr auch viel über Euch zu erzählen, was mich begeistern oder einfach nur froh stimmen würde ...«

Oja, und was sie alles von sich zu erzählen hätte! Aber ob das diesen seltsamen Briefschreiber begeistern würde? Wer war das nur?

»Ich sah Euch nur wenige Sekunden lang in einem Film ...«

War es ein Verehrer, ein Verrückter, der ihr nachstellen wollte?

»Und auch das war schon ein Vergehen, denn ich musste mich dazu nachts in einen verbotenen Turm einschleichen. Für das und anderes sitze ich jetzt in einer Zelle ...«

Ein Fremder, ein Briefschreiber, der in einer Zelle sitzen musste, weil er einen Film über sie gesehen hatte? Seltsam. Und was hatte es mit diesem Turm auf sich?

»Aber es lohnt sich: Euer Lächeln, Eure Augen und Eure kleinen Späße zeigten mir, dass Ihr ganz anders seid, als mir die Leute Eures Reiches beschrieben wurden ...« Was war denn das? »Ihr würdet mich vielleicht nicht verachten, wenn wir miteinander redeten. Ihr würdet vielleicht neben mir sitzen, und wir würden uns auch schweigend verstehen.

Denn ich glaube, wir haben viel gemeinsam, obwohl eine hohe Mauer uns trennt. Wir beide wissen, dass es noch etwas anderes gibt als Geld oder Macht ...«

Beatrice stockte der Atem. Da gab es jemanden, der sie noch nie gesehen hatte, außer in einem kurzen Film, der offenbar verrückt war und trotzdem (oder vielleicht gerade deshalb) ihren Nerv traf.

Sie zog die langen Beine an und lümmelte sich auf ihr Bett. Plötzlich war sie nur noch für diesen Brief da. Alles andere um sie her verschwand. Je länger sie las, desto ernsthafter und konzentrierter wurde sie. Vergessen war der Ärger wegen der Tasche, vergessen die Flüche der vergangenen Minuten. Vergessen ihre Kleinmädchenwut, aber auch ihr gespielter Prinzessinnenstolz. Ihr Mund stand leicht offen, sie atmete oberflächlich vor Spannung, und ihre sommersprossigen Wangen überzog eine leichte Röte. Sie las die Gedanken jenes fremden Briefschreibers, als wären es ihre eigenen – nur aus einer fremden Welt zurückgespiegelt. Sie atmete tief ein und hielt die Luft an, als sie las, wer sich hinter dem Schreiber verbarg: der Nachfolger König Dederows. Wer war das um Gottes willen? Ihre Eltern hatten ihr nur wenig aus Dederows Welt erzählt, und eigentlich auch nur Schreckliches. Sie wusste nur, dass dessen Sohn Daniel hieß. Er hatte wohl auch nur den einen Sohn.

»Da-niel«, sagte sie und ließ den Namen nachklingen. Was war das für einer? Warum schrieb er ausgerechnet ihr, einer Fremden, seiner Feindin?, fragte sich Beatrice. Doch als sie den ganzen Brief gelesen hatte, glaubte sie es zu wissen. Da schrieb jemand, der verzweifelt nach einem Weg suchte und der sich nach Freundschaft sehnte. Doch war wirklich sie mit diesem Brief gemeint? Nach wenigen Sekunden Film konnte er sie doch gar nicht kennen. Warum aber berührte er sie dann so und war ihr näher als viele, die sie schon eine Ewigkeit kannte? Was war das bloß?

War sie wirklich jemand, an dessen Lächeln, Augen und Späßen sich jemand entzünden konnte, für den sich jemand in eine Zelle sperren ließ? Niemand, den sie kannte, würde so etwas tun. War sie denn nicht dieses halb geratene, sommersprossige Entlein mit den Zottelhaaren, dem trampeligen Gang, den eckigen Füßen und der schlechten Haltung, die man ihr jahrelang vorgehalten hatte?

Nur nach und nach, nachdem sie den Brief mehrmals gelesen hatte, dämmerte es ihr: Es gab jemanden, der sie wirklich liebte, der sie erkannt hatte, ohne ihr einmal begegnet zu sein! Sie stand auf und blickte aus dem Fenster hinüber in das ferne Reich hinter der Mauer, über dessen Residenz die fremde Fahne wehte. Auf einem Turm! Aus einem Punkt über ihrem Magen stieg ein warmes Gefühl in ihr auf, das ihr Herz wie mit einer Peitsche antrieb. Es war reine Energie. Sie konnte richtig spüren, wie der Strom sich in ihrem Körper ausbreitete. Ihre Wangen glühten, so heiß war ihr.

Es klopfte an der Tür: »Beatrice, wir müssen zum Empfang!«

»Gleich, Mama«, antwortete sie.

Mit klopfendem Herzen schaute sie sich im Raum um. Alles Leben, das sie in den letzten Monaten (oder waren es Jahre?) mühsam unterdrückt hatte, um eine Zierpuppe zu spielen, kehrte plötzlich mit einem Schlag in sie zurück. Sie entwickelte eine ungeheure Aktivität, um einen Zettel zu finden, einen einfachen kleinen Zettel, auf den sie etwas schreiben wollte.

»Beatrice, los, wir warten!« – »Ja, Mama, gla-haich!« Sie fand einen Zettel, stopfte ihn in die Handtasche, griff einen Stift, schlüpfte in die Pumps und war schon auf dem Flur. Im Eilschritt ging es in den Empfangssaal. In den Reihen der Gäste raunte es, weil Beatrice heute so besonders schön aussah, nicht so unnahbar schön wie sonst, sondern auf eine ungewohnte Art schön und lebendig zugleich.

Der Empfang nahm seinen Lauf, und Beatrice blickte auf den Friedensboten, diesen beflissenen Staatsdiener Dederows. Sollte sie es wirklich wagen? Was würde sie damit ins Rollen bringen? Warum fühlte sie sich überhaupt dazu verpflichtet, irgend etwas zu tun? Vielleicht, weil sie nicht anders konnte, weil sie das Gefühl, wieder richtig zu leben, nicht mehr loswerden wollte?

Während einer Pause eilte sie auf die Toilette, schloss sich ein und kramte Stift und Zettel hervor. Sie hielt kurz die Luft an, schloss die Augen, zog eine Grimasse (um die Spannung in ihrem Gesicht zu lockern), und dann schrieb sie:

»Daniel, Fremder.

Wer seid Ihr? Gibt es Euch wirklich?

Und habt Ihr noch immer Lust, mich kennenzulernen?

Oh, wie sehr wünsche ich mir, Euch zu begegnen, falls Ihr der seid, der mir aus Eurem Brief entgegenspricht und dessen Freundschaft ich schon immer ersehnte.

In Erwartung

Eure B.«

Das war ganz klar ein hitzig geschriebener kleiner Brief, der durchaus eine Lawine ins Rollen bringen konnte. Beatrice faltete ihn zusammen und eilte in den Saal zurück. In einem günstigen Moment fasste sie sich ein Herz und trat auf den Friedensboten Dederows zu. Dieser verbeugte sich, küsste ihr die Hand, lächelte schmeichelnd. Sie fragte: »Kann ich Ihnen etwas anvertrauen?« Der Friedensbote hob die Augenbrauen. Was wollte die Bundislaus-Prinzessin von ihm? Beatrice nahm all ihren Mut zusammen und setzte hinzu: »Könnten Sie einen kleinen Brief transportieren und Ihrem Prinzen persönlich übergeben?«

Oh, Gott, was tat sie nur? Welches Risiko ging sie ein! Sie konnte sich und ihre Eltern vor aller Welt lächerlich machen. Ein Liebesbriefchen an den Feind! Und außerdem: Was geschah plötzlich mit ihr, die doch bisher alles, was hinter der Mauer lag, als grau und uninteressant angesehen hatte? Lag dort nun plötzlich das Ziel ihrer Sehnsüchte?

Der Friedensbote tat, was ein guter Diplomat tut. Er nahm das Brieflein unauffällig entgegen, nickte ein kurzes, einverständliches Nicken und ersparte Beatrice alle weiteren Erklärungen.

Stasius wittert ungeahnte Chancen

So gelangte der Brief am folgenden Tag in die Dederowsche Residenz, wo der Friedensbote vor allem anderen zunächst seine Rapportstunde bei Intimus Stasius zu absolvieren hatte. »Und?«, fragte Stasius.

Natürlich war die Sache zu heikel, als dass der Friedensbote sie hätte verschweigen können. Wortlos schob er den kleinen Zettel hinüber. Stasius starrte auf die Zeilen: »Was? Wieso? Wer ist das? Wer ist B.?« Der Friedensbote grinste.

»Neiiiin!«, stieß Stasius hervor. Hatte der Gauner Daniel, der so unschuldig tat, es doch geschafft, seinen Brief über die Mauer zu schmuggeln, und damit sofort bei der Bundislaus-Prinzessin eingeschlagen! Das war ja ... Das war ja unglaublich, ungeheuerlich, nahezu unmöglich! Die beiden kannten sich doch nicht einmal.

Stasius lehnte sich auf seinem Stuhl zurück und schwieg. Das musste er erst einmal verdauen. Solche Situationen hatte es noch nicht viele gegeben in seinem Leben als Diener der Macht. Was tat man in einem solchen Falle? Was war jetzt das Wichtigste? Daniel zu bestrafen? Den König zu informieren? Ließ man die Geschichte auffliegen, ignorierte man sie, vereitelte man sie ohne Aufsehen? Erpresste man irgend jemanden damit? Sie auffliegen zu lassen, das erkannte Stasius schnell, sowie großes Tamtam darum zu machen, kam in dieser Situation der gegenseitigen Annäherung beider Könige nicht in die Tüte. Sie leise zu vereiteln war ein möglicher Weg, aber genauso witzlos, wie sie zu ignorieren. Denn was hätte er, Stasius, denn davon? Hier öffneten sich doch ungeahnte Möglichkeiten für ihn. Stasius rieb sich die Hände. Er grinste nicht nur, er lachte und sang vor Freude: »Prost, Prost, Prösterchen … Na, mein Lieber, da hast du mir ja was Feines mitgebracht.«

Der Friedensbote staunte über die plötzliche gute Laune, die er noch nie an seinem Chef gesehen hatte, und dieser sagte: »Pass auf: Wir lassen die ganze Sache laufen. Ja, wir forcieren sie noch. Und du, mein Lieber, bist mein ganz persönlicher Liebesbote. Du transportierst die Briefe der beiden hin und her, legst mir jeden vor und spielst für die Turteltäubchen den Engel. Wir sagen niemandem nix, weder dem König Ypsilon noch dem König Ix. Das wird eine ganz feine heimliche Liebe, von der niemand was weiß. Nur ich natürlich und du. Wenn die beiden dann so richtig zur Sache gehen, haben wir sie in der Hand und damit Einflussmöglichkeiten auf beiden Seiten. Was glaubst du, wie fein dieses Wissen in bestimmten Situationen eingesetzt werden kann!«

Der Friedensbote fühlte sich nicht recht wohl in seiner Haut. Sollte er nicht zu König Dederow gehen und alles berichten? Aber würde Dederow nicht sofort die Notbremse ziehen? Würde er, der Friedensbote, nicht plötzlich von Dederow und Stasius gleichermaßen verachtet – von dem einen als jemand, der sein offizielles Amt als Liebesbote missbraucht hatte, von dem anderen als Verräter?

Also geschah es, wie Stasius wollte. Am Abend erschien der Friedensbote an Daniels Zimmertür. »Ich habe eine Botschaft«, sagte er. »Eventuelle Antworten können mir vertraulich übergeben werden.« Er drückte Daniel den Zettel in die Hand und verschwand.

Daniel entfaltete den Zettel, und was nun auf ihn einstürzte, kann wohl kaum geschildert werden. Wir müssen bedenken: Monate waren vergangen, seit Daniel in der Zelle seinen Brief geschrieben hatte. Daniel erschien es sogar wie Jahre. Wir haben gesehen, wie er in den letzten Wochen ernst und gereift seinen Aufgaben nachgegangen war, wie seine Mutter ihn prüfend angesehen hatte und keine

Spur von Unruhe oder Leidenschaft mehr an ihm entdecken konnte. Er schien ein ganz anderer geworden zu sein. Wir sahen aber nicht, wie er abends in seinem Zimmer saß und schrieb. Es waren Briefe an Beatrice, in denen er alles festhielt, was ihn tagsüber freute oder quälte. Das Bild von Beatrice verkörperte für ihn noch immer das Schöne und Lebensfrohe an sich. Gewiss, erreichen konnte er sie nicht. Das hatte man ihm eindeutig zu verstehen gegeben. Aber es soll ja auch andere Leute geben, die Zwiesprache mit Unerreichbaren pflegen und mit Stars auf Plakatwänden reden. Daniel konnte in Gedanken an Beatrice die Selbstgespräche halten, dank derer er im Reich des Stasius nicht verrückt wurde. Und wenn ihn doch manchmal die Sehnsucht übermannte, dann atmete er tief durch und ließ sich einfach nicht übermannen.

Doch nun hielt er einen Zettel in der Hand, auf dem mit geschwungener Mädchenschrift geschrieben stand: »In Erwartung Eure B.«

Sein armes Gehirn schnaufte und ackerte, um den Gedanken zu fassen, dass es sich hierbei wirklich um SIE handelte, dass diese Zeilen in geschwungener Schrift von IHRER Hand stammten, dass dieses Stück Papier in IHREM Haus gelegen hatte, dass der Duft dieses Papieres vielleicht von IHREM Parfüm stammte, dass wirklich SIE es war, die auf irgendeinem geheimnisvollen Wege zu seinem Brief gekommen war und ihm nun IHRE Freundschaft anbot.

Da konnte das Gehirn arbeiten wie es wollte, nur langsam sickerte diese Erkenntnis durch. Und noch immer bohrte in ihm die Frage, wie denn nun der Brief zu Beatrice gekommen war. Er war aus der Zelle in sein Zimmer gelangt und von dort aus verschwunden. Daniel dachte an Stasius, an die Mitarbeiter, an alle Gefahren, die drohen konnten. Doch plötzlich rief er: »Ach, was!« Er vertrieb alle dunklen Gedanken und entschied sich, daran zu glauben, dass es eine gute Fee getan hatte. Vielleicht gab es wirklich noch gute Feen.

Er las den Zettel von Beatrice wieder und wieder. Er konnte ihn bald auswendig hersagen.

»Wer seid Ihr? Gibt es Euch wirklich? Und habt Ihr noch immer Lust, mich kennenzulernen?« Und ob er Lust hatte. Er drückte den Zettel an sein Herz, dann an seinen Mund und schrie so laut er konnte: »Yipppieeeh!«

Der Schrei drang durch die Wände der Residenz, er brachte die Scheiben zum Klirren. Die Mitarbeiter zuckten zusammen, Stasius blickte kurz von einer Akte auf und grinste. König Dederow fragte sich, was plötzlich in seinen Sohn gefahren sei.

Es war, als hätte jemand ein Fluttor geöffnet und alle angestauten Wasser stürzten zu Tal. Briefe flogen hin und her. Der Friedensbote flitzte von Residenz zu Residenz. Die Könige registrierten erstaunt die roten Wangen und Ohren, mit denen ihre Kinder plötzlich umherliefen. Sie suchten ihre Umgebung ab, aber sie fanden niemanden, der auch rote Wangen und Ohren hatte – es sei denn, er litt zufällig gerade unter Fieber.

Die Königskinder hatten sich viel zu erzählen:

»Beatrice, wie bin ich froh, dass es Euch gibt. Ich kann es noch gar nicht fassen, dass Ihr etwas von mir wissen wollt und mich nicht zurückstoßt. Erzählt, wie kamt Ihr zu dem Brief, Freundin?«

»Er lag in der Handtasche, die ich von Eurem Vater geschenkt bekam. Oh, ich könnte mich ohrfeigen dafür, dass ich diese Tasche so lange nicht mochte. Wie konnte ich Euren Brief so lange in dem dunklen Schrank liegen lassen? Beinahe wäre er nie zu mir gelangt. Aber nun ist er ja angekommen. Wenn Ihr es nicht gewesen seid, Freund, wer hat dann Euren Brief in diese Tasche gesteckt?«

»Eine gute Fee, Freundin! Niemand anderes kann es gewesen sein. Doch ich denke nicht weiter darüber nach. Ich bin so glücklich. Und ich hoffe auf Wunder. Wann werde ich endlich mit Euch zusammensitzen? Wann werde ich endlich in Eure schönen Augen schauen?«

»Freund, wir haben viel Zeit. Ich sehe täglich mit dem Fernglas zu Euch hinüber. Wisst Ihr, dass ganz in Eurer Nähe auf unserer Seite eine Rosenhecke an der Mauer wächst?«

»Ach, Freundin, wäre ich ein Ritter, ich würde mich durch diese Rosenhecke schlagen, um zu Euch zu gelangen. Aber leider ist die Mauer davor. Und ich kann sie nicht überwinden.
Würden wir uns überhaupt erkennen und verstehen, wenn wir uns begegneten?«

»Ich weiß es nicht. Aber warum so pessimistisch? Wir wissen beide, dass Geld und Macht nicht alles sind. Wir wollen beide eine Welt, in der man sein Herz nicht verstecken muss. Wir würden uns gewiss erkennen und gut verstehen. Alles andere wird sich finden.«

»Ach, Eure Zuversicht, Freundin! Lasst uns zusammen fliehen! Irgendwohin. Wo uns niemand kennt und uns niemand in irgendeine Rolle zwingen kann.«

»Ihr sollt einmal König werden in Eurem Land, und ich weiß, dass Ihr ein guter König sein werdet, der vielleicht alles besser macht als unsere Väter. Warum also sollten wir fliehen? Ich hoffe darauf, dass wir uns bald einmal begegnen, trotz aller Widrigkeiten. Ich will wissen, wie Ihr lebt. Auch mir hat man so einiges erzählt – von Eurem Land, Euren Leuten, Eurem Leben. Aber ich kann und will es nicht mehr glauben. Ich will es von Euch hören. Bitte erzählt!«

»Wir leben gewiss nicht so gut wie ihr. Wir haben viele Sorgen, die leider oft genug unter den Teppich gekehrt werden. Wenn ich König wäre, würde ich das ändern. Ich würde offen reden und freizügig herrschen.«

»Warum könnt Ihr nicht schon jetzt in eurem Land über Eure Sorgen reden?«

»Ach, es herrscht Bedrückung, Freundin. Angst und Misstrauen beherrschen die Residenz. Alles, was ich habe, ist die Hoffnung, dass sich das einmal ändert.«

»Oh, Freund. Auch ich kenne das Gefühl der Bedrückung. Ich weiß, dass man in einer Situation gefangen sein kann. Dazu braucht es gar keine Mauer. Ich soll repräsentieren und würde viel lieber etwas wirklich Nützliches tun. Lasst uns doch damit beginnen – schon jetzt! Lasst uns beide tun, was uns am Herzen liegt!«

»So einfach ist das nicht. Wir drehen uns im Kreis. Ihr könnt nicht einfach aus Eurer Rolle fliehen und ich nicht aus meiner. Wir sind zwei Königskinder, vergesst das nicht! Aber wenn ich Eurer Freundschaft sicher sein kann, dann wachse ich vielleicht über mich hinaus.«

»Ihr könnt meiner Freundschaft sicher sein. Wenn ich eines sagen kann, dann ist es das. Ich sehne mich nach Euch, Freund. Ich sehne mich nach einer gemeinsamen Stunde.
Ich würde gerne Eure Hand halten. Auf ewig, die Eure.«

Beatrice hatte bald auch endlich über den Friedensboten eine Fotografie von Daniel erhalten. Und sie geriet aus dem Häuschen vor Freude, als sie sah, dass er mit Augen, Nase, Mund, Blondschopf und allem, was man auf so einem Foto erkennen konnte, ihren Erwartungen entsprach

– ach, was sagen wir, sie sogar noch übertraf. So etwas ist schließlich auch nicht ganz unwichtig. Deshalb haben wir es hier erwähnt.

Was uns allerdings quält, ist die Vorstellung, dass jeder der Briefe, die wir hier lesen, auch durch die Hände des verfluchten Stasius wanderte. Und nicht nur das. Stasius las sie als Erster, und er zog von jedem Brief vorsorglich eine Kopie, die er in seiner Turm-Zentrale aufbewahrte. Stasius saß in seinem Büro, ballte die Fäuste und knurrte: »Verrat! Verrat!« Einige Male überlegte er schon, ob er eingreifen und den Prinzen Daniel überführen sollte. Aber er ließ es. Er wollte noch abwarten und sich nicht der Möglichkeit berauben, beide Königskinder gleichermaßen in der Hand zu haben. Wäre er seinem Impuls gefolgt, Daniel hätte keine Minute mehr in seinem Zimmer gesessen. Er wäre von der Bildfläche verschwunden, so wie es bereits anderen im Lande geschehen war.

Beatrice lässt sich demütigen

Je mehr Briefe sich die Königskinder schrieben, desto größer wurde ihre Sehnsucht nach einander. Und was macht so eine Sehnsucht? Sie möchte natürlich irgendwann gestillt werden. Der Ton ihrer Briefe hatte sich bald geändert. Aus dem offiziellen »Ihr« war ein vertrauliches »Du« geworden, und auch sonst hatte die Sehnsucht ihre Spuren auf dem Papier hinterlassen.

»Ach, Liebste«, schrieb er, »ich will dich sehen. Ich möchte in deinen Augen ertrinken!«

»Oh, Liebster«, antwortete sie, »genauso geht's mir. Ich möchte in deinem Blick versinken!«

Wenn man sich so etwas ein paar Mal geschrieben hat, entfaltet es unweigerlich seine Wirkung. Das liegt in der Natur der Sache. Man spielt nicht ungestraft mit Zündhölzchen. Unsere beiden wussten das, aber sie spielten munter drauflos. Sie tranken durstig die so lange vermissten Schmeicheleien und Komplimente. Sie genossen die Zuneigung. Sie sahen sich selbst mit den Augen des anderen und erfuhren plötzlich, wie sie eigentlich sein konnten: edel, stark, mutig, ritterlich, schön, aufregend, zärtlich, verwegen, anmutig, begehrenswert ...

Wer würde nicht so schnell wie möglich dem einzigen Menschen gegenüberstehen wollen, der einen auf diese Weise sieht?

»Ich halte es nicht länger aus, Liebste«, schrieb Daniel, »aber ich kann nicht zu dir kommen. Man verfolgt meine Schritte, und die Mauer versperrt mir den Weg!«

»Ich könnte es vielleicht versuchen«, antwortete

Beatrice, »denn auch ich will keine Minute länger ohne dich sein, Liebster. Mit meinem Pass darf ich durch die Mauer gehen. Es fragt sich nur, ob mir eure Soldaten nicht Schwierigkeiten machen, weil ich doch die Tochter eures schlimmsten Feindes bin. Aber das Risiko trage ich gerne, wenn ich dich nur sehen kann, Liebster.«

Stasius, der diese Briefe beschnüffelte, fragte sich: Was wird denn das jetzt? Wollen die tatsächlich diesen Schritt wagen? Was soll ich tun? Spätestens jetzt müsste ich Dederow Bescheid sagen. Ich müsste sagen: »Exzellenz, unser Prinz hat mit der Tochter eures Feindes ein Techtelmechtel.« »Wie das?«, würde Dederow gewiss fragen. »Das ist ja eine Schweinerei. Und das konnte nicht verhindert werden? Wie ist das nur möglich? Bisher haben wir doch aufgepasst, dass der Junge keine Dummheiten macht. Wo sind denn deine Leute gewesen, Stasius? Wo warst denn du die ganze Zeit? Und wie kamen die beiden überhaupt zusammen? Kontrollierst du nicht die Post und die Wege durch die Mauer? Ist das nicht deine Aufgabe, Stasius? Hast du nicht mal gesagt, nicht mal ein Mäuslein könnte .... ?«

O weh, dachte Stasius, als er sich die Reaktion des Königs ausgemalt hatte. Es gab keinen anderen Weg, als den Schaden zu begrenzen. Die beiden dürfen sich nicht sehen! Irgendwer würde das erfahren, und dann ginge die ganze Sache nach hinten los. Und zwar vor allem für mich. Stasius fasste also einen Entschluss.

Beatrice und Daniel hatten alles genauestens geplant. Daniel wollte Beatrice in einem Park nahe der Mauer treffen und hatte ihr den Weg dahin beschrieben. Beatrice traf alle Vorbereitungen, um möglichst unerkannt bis zur Mauer zu kommen und auch dort möglichst kein Aufsehen zu erregen. Eine einfache Windjacke mit Kapuze sollte ihr dabei nützlich sein. Im Pass stand zwar ihr Name, aber einem gestressten Kontrolleur würde vielleicht nicht aufgehen, dass sie wirklich die Nämliche, die Prinzessin war. Bundislaus, Bundislaus – war das nicht schon fast ein Dutzendname? O, welch blinde Hoffnung bringt die Sehnsucht hervor!

Ungeduldig die Begegnung mit Daniel erwartend, ging Beatrice ihren Weg zuvor bereits hundertmal im Kopf. Sie war noch nie an der Mauer gewesen. Man erzählte sich die unangenehmsten Geschichten. Beatrice wollte sich an der längsten Schlange anstellen, um einen möglichst zerstreuten, überlasteten Soldaten als Kontrolleur zu haben. Wenn alles überstanden war, wollte sie ihre Lippen nachmalen, ihre Haare ordnen, sich sonstwie aufhübschen (als ob das für den rasend ungeduldigen Daniel nötig gewesen wäre) und dann auf ihn zugehen. Wenn sie daran dachte, begann ihr Herz laut zu klopfen. Wie sollte sie gehen? Sollte sie schreiten? Lässig schlendern? Sollte sie lächeln oder gleichgültig schauen? Wie würden die letzten Meter sein? Würden sie aufeinander zu rennen, würden sie verlegen herumstehen, ehe einer von ihnen das erste Wort sprach? Was geschähe dann? Vermasselten sie vielleicht alles, weil sie zu viel oder zu wenig redeten? Tausend Fragen beschäftigten Beatrice.

Beklommen näherte sie sich der Mauer, dem klobigen Ungetüm mitten in der Stadt. Schon aus einer gewissen Entfernung empfing sie ein Gefühl von Einschüchterung und Unfreundlichkeit. Alles sagte ihr: Versuch erst mal, hier durchzukommen! Wir werden es dir nicht leicht machen! Sie hatte gehört, dass die Soldaten Taschen durchsuchten und unter die Automobile kleine Wägelchen mit Spiegeln schoben, weil man ja auch dort etwas verstecken konnte. Wenn sie nicht gewusst hätte, dass auf der anderen Seite ein phantasievoller, lebendiger Junge auf sie wartete, sie hätte geglaubt, in eine Kolonie des Missmuts und des Trübsinns zu geraten.

Sie rückte in der Schlange vor, die vor allem aus schon etwas älteren Herrschaften bestand, aus Großmüttern, Tanten, Onkeln, Brüdern und Cousins. Sie alle wollten ihre Verwandten im Lande Dederows besuchen. Sie trugen Taschen und Tüten bei sich, vollgestopft mit Schokolade, Kaffee, Strümpfen, Seife, Weinbrand und Waschpulver. Nicht, dass es so etwas in Dederows Land nicht gab. Es war nur nicht von dieser erlesenen Güte, für die das Reich des Bundislaus weithin gerühmt wurde. Und vieles war auch wirklich knapp. Jeder in der Schlange wurde von gleichmütig blickenden Soldaten lange beäugt, mit dem Passfoto verglichen. Und wenn mal einer der herumstehenden Uniformierten einen Scherz machte, dann gewiss keinen selbstironischen. Dabei hätte es doch die ganze Lage entkrampft, wenn mal jemand gesagt hätte: »Liebe Leute, weil wir nun mal alle in diesem hübschen Raum beisammen sind, wollen wir auch ein bisschen umherhüpfen. Und alle Bananen bitte bei mir abliefern! Meine Kinder basteln dann zu Hause einen Bananenbaum daraus.«

Aber nein, sie nahmen alles bitterernst. Sie durchwühlten Taschen, zogen kopfschüttelnd manches Buch und manche Musikkonserve hervor, die man ins Land Dederows nicht einführen durfte, weil sie sich ja gefährlich auf das Gemüt und die Gedanken des Volkes hätten auswirken können. Beatrices Herz klopfte zum Zerspringen. Worauf ließ sie sich da nur ein?, dachte sie. Hatte sie, die Prinzessin, denn allen Stolz verloren? Musste sie sich so beäugen und demütigen lassen? War es nicht Verrat an ihrem Vater und ihrer Mutter, dass sie hier stand?

Nur langsam rückte sie auf eine Sperre zu, an der ein Wachhäuschen stand und der Gang so eng war, dass gerade mal ein Kinderwagen hindurch passte. Als sie endlich an der Reihe war, musterte sie der fremde – übrigens junge – Soldat lange, lange. Er blickte in ihren Pass, schaute dann in einer Liste nach und griff zum Telefonhörer. Beatrices Herz setzte aus. Was sollte das? Was würde nun passieren? Von hinten kam ein Offizier und tuschelte mit dem Soldaten. Schließlich ging der Offizier auf sie zu, gab ihr den Pass zurück und sagte: »Tut mir leid. Ihre Einreise ist nicht erwünscht.«

»Ja, aber warum denn nicht?«, fragte Beatrice.

Der Offizier zuckte mit den Schultern und nuschelte: »Keine Begründung.«

Mit einem Handwischen in der Luft bedeutete er ihr, Platz zu machen, umzukehren und zu verschwinden. Als sie gegangen war, lief er zum Telefon, wählte eine gewisse Nummer, nuschelte irgendwelche Angaben und sagte dann: »Sie war da!«

Oh, wie elend fühlte sich Beatrice. Sie war verletzt, man hatte sie wie einen Dreck behandelt. Noch nie war ihr das passiert. Immer hatte sie sich durch Entgegnungen, durch stolze Blicke oder ein Ist-mir-doch-Egal schützen können. Hier aber fühlte sie sich nackt und ausgeliefert. Eigentlich neigte sie nicht dazu, die Prinzessin hervorzukehren, aber an diesem Tag hätte sie es am liebsten getan. Wenn das die Soldaten ihres Vaters gewesen wären! Wieder in ihrem Zimmer angelangt, glühte sie vor Zorn.

Und dann wurde ihr mit einem Schlag ganz wehmütig zumute, weil ihr plötzlich einfiel, dass Daniel ja auf der anderen Seite im Park auf sie wartete. Sie sah ihn vor sich, wie er die Schultern hängen ließ, weil sie nicht kam und niemals kommen würde. Ihr Gehirn ließ das Wörtchen »niemals« mehrfach genüsslich widerhallen. Denn so ein Gehirn hat einfach Spaß daran, seinen Besitzer zu quälen. Tiefes Mitleid erfasste Beatrice – mit Daniel und auch mit sich selbst.

»Verzeih mir, Liebster«, schrieb sie aufs Briefpapier, »ich war schon fast bei dir. Doch einer eurer allmächtigen Mauerhüter hat mich wieder weggeschickt. Daniel, ich bin die Falsche für dich. Es gibt keine Hoffnung für uns beide. Wir können uns nur aus der Ferne lieben, und wer weiß, wann uns auch das verwehrt wird. Such dir eine andere, Liebster, eine, die du anschauen und berühren kannst, und nicht solch einen verfluchten Geist wie mich!«

Nach diesem selbstmitleidigen Aufschrei warf sie den Kopf in ihre Arme und heulte, schniefend und bebend, etwa eine Viertelstunde lang, wie sie es seit ihrer Kindheit

nicht mehr getan hatte.
Und Daniel antwortete: »Ach, liebste Beatrice, du bist die Richtige, Ewige, Einzige!

Du bist die Schönste und Tapferste! Ich bin es, der sich ohrfeigen müsste, weil er hier sitzt und nichts tut, weil er noch immer hofft, alles werde sich in unserem Land zum Guten wenden. Nein, ich will nicht mehr König werden. Ich pfeife auf ihre Pläne, auf ihre Abrichtung, auf ihr Gerede von der Macht!«

»Daniel, Liebster, tu es nicht! Wirf nicht alles hin! Ich war nur einen Moment schwach. Hab' Geduld! Ich bin die Deine! Bitte verzeih mir mein Selbstmitleid!«

»Ach, Beatrice, ich habe lange genug geschluckt, mich verleugnet, den Folgsamen gespielt. Ich will endlich leben und zeigen, wer ich wirklich bin. Ich folge jetzt nur noch meinem Herzen.«

Auszug aus dem Vaterhaus

In Stasius' Oberstübchen läutete die Alarmglocke. Oje, dachte er, Dederows Kronsohn begann durchzudrehen! Alles kam ins Rutschen und fing an, Stasius aus den Fingern zu gleiten. Musste er nicht spätestens jetzt den König einweihen? Aber was wurde dann aus seinem schönen Ränkespiel, seinem ganzen listigen Plan? Zuallererst musste er mal diesen Unglückswurm Daniel stoppen. Er rief ihn zu sich.

Doch diesmal trat ihm ein anderer Daniel entgegen, als er gewohnt war. Einer, der ihm selbstbewusst ins Gesicht lachte: »Was? Stasius? Was wollt ihr machen? Mich einsperren? Mich abschieben? Mich verschwinden lassen? Ich habe keine Angst mehr!«

»Ich kann dir die Zukunft versauen«, sagte Stasius leise, aus Gewohnheit grinsend.

»Meine Zukunft ist bereits versaut«, antwortete Daniel. Seine Augen glänzten tapfer.

»Ich kann den Friedensboten anweisen, keine Briefe mehr zu schmuggeln«, ergänzte Stasius.

»Ich finde schon einen Weg«, sagte Daniel trotzig.

»Und an dein Land denkst du nicht?«, fragte Stasius. »An die Menschen, die dich aufgezogen haben? An die Wege, die man dir offenhält, den Zucker, den man dir in den Hintern geblasen hat? Wer hat denn schon die Chance, irgendwann einmal ganz an die Spitze zu gelangen?«

Daniel entgegnete: »Ich kenne eure Methoden. Auf ewige Dankbarkeit wollt ihr mich verpflichten. Ich soll euch jedes Krümchen Zucker zurückzahlen. Aber ich will mir nichts mehr vorschreiben lassen. Ich will mir meinen Weg selbst suchen.«

Stasius grinste nicht mehr. Er sagte: »Ich kann deinen Vater, den König, in deine miesen Geschichten einweihen. Dann ist Schluss mit deinem fröhlichen Leben!«

»Ich steige sowieso aus. Mein Entschluss steht fest. Hier habe ich nichts mehr zu suchen. Auch mein Vater soll das wissen«, stieß Daniel hervor.

»Was willst du denn machen? Kein Ministerium, kein Büro, keine Universität, keine Zeitungsredaktion, keine Fabrik, nicht einmal die Müllabfuhr wird dich mehr aufnehmen oder einstellen. Du bist ein Dreck, wenn ich es will«, fauchte Stasius und fuhr das nächste, noch schwerere Geschütz auf: »Ich kann auch deinem Fräulein Beatrice ein wenig drohen. Oder meinst du, ich hätte nicht auch dort drüben meine Leute?«

»Wag es nur nicht!« rief Daniel und stürzte sich auf Stasius. Dieser sprang auf und wich zurück. Daniel schrie: »Rühr sie nicht an! Wenn das passiert, bist du mausetot.«

Stasius wollte zu seiner Pistole greifen. Er setzte zum Hilfeschrei an. Immerhin wurde er angegriffen. Daniels Schicksal schien besiegelt, die Mitarbeiter würden in wenigen Sekunden bei ihm sein. Doch plötzlich hielt Stasius inne. In seinem Kopf ratterte es: Daniel schien zu allem entschlossen. Wenn er aus dem Hause ging, war gewiss Dederows Nachfolge gefährdet, aber nicht seine eigene – Stasius' – Position. Daniel etwas anzutun oder ihn verschwinden zu lassen, brächte dagegen überhaupt keine Punkte. König Dederow und vor allem diese grässlich besorgte Kümmertante Gertrud würden Stasius die Hölle heiß machen, denn er trug die Verantwortung für die Sicherheit ihres Kronsohnes.

Er setzte sich wieder hin und schaltete erneut sein Grinsen ein. Daniel traute seinen Augen nicht. Er sah wieder einmal verblüfft, wie wenig sich dieser Mann von Emotionen leiten ließ. Der musste ein steinernes Herz haben. Stasius fragte: »Und was kriege ich, wenn ich deine Beatrice in Ruhe lasse?«

Ach, was war das nur für ein abgefeimter Schurke! Daniels Gedanken jagten hin und her. Und plötzlich – auch er hatte in all den Jahren etwas gelernt – kam er auf die richtige Antwort. Sie war genau auf Stasius zugeschnitten: »Dann erzähle ich meinem Vater nicht, dass der offizielle königliche Friedensbote eine Doppelrolle spielt und seit Wochen heimlich Briefchen über die Grenze schmuggelt – von euch gesteuert und sicherlich auch in eurem privaten Interesse!«, erwiderte Daniel.

Stasius zog die Luft ein und nickte anerkennend. Hier wächst uns ja ein kleines Machtmenschlein heran, dachte er. Aus dem wäre gewiss noch was zu machen. Schade, dass er die falschen Wege ging und dieses Haus verlassen wollte. Daniel jedoch war nur noch zum Kotzen zumute. Er wollte so schnell wie möglich raus hier. Er hielt es nur noch so lange aus, bis Stasius und er ihren Deal im Kasten hatten: Daniel würde unbehelligt das Haus verlassen und keine weiteren Schwierigkeiten bekommen. Er verpflichtete sich im Gegenzug, kein Sterbenswörtchen über jegliche Aktivitäten des Intimus Stasius in der Angelegenheit Beatrice zu verraten. Stasius und seine Mitarbeiter würden Beatrice in Ruhe lassen, sie nicht erpressen, bedrohen oder am Reisen hindern. Zugleich stellte der Friedensbote sein Wirken als Postillon d'Amour ein. Einen letzten Brief an Beatrice nur bat sich Daniel noch aus. Stasius nickte ihn gnädig ab, und Daniel verließ ohne Gruß den Raum. Oh, wie er sich vor dieser Ratte ekelte!

Daniel war auf dem Weg hinaus, ins eigene Leben. Er musste es nur noch seiner Mutter und seinem Vater beibringen. Leicht würde es nicht werden, aber Daniel war inzwischen erwachsen und durchaus berechtigt, auf eigenen Füßen zu stehen.

Er schrieb einen letzten Brief an Beatrice, legte ihn ins Fach des Friedensboten. Dann packte er seine wichtigsten

Sachen zusammen. Sie füllten einen großen Koffer und eine Tasche, die er neben seine Tür stellte. Als Nächstes besuchte er seine Mutter. Königin Gertrud war erschrocken, als sie hörte, dass Daniel zum Abschiednehmen gekommen war. Das Herz wurde ihr schwer. Aber sie verstand ihn. Er wollte seinen eigenen Weg gehen. Schon lange hatte sie ihn beobachtet, und sie spürte, dass er die Macht, die sein Vater ausübte, nicht in der altgewohnten Weise fortsetzen würde. In dieses Haus mit dem alten, müden König, dem Intriganten Stasius und den unangenehmen Mitarbeitern passte er nicht mehr. Aber vielleicht würde er eines Tages zurückkehren. Das war die stille Hoffnung der Königin.

Zum Abschied sagte sie ihm noch eines: »Höre, mein Junge, damit du nicht ein Leben lang ein Rätsel mit dir herumschleppst: Ich war es, die damals den Brief an deine Beatrice geschickt hat. Und ich spüre an deiner Wandlung, dass es – auf welchem Wege auch immer – zum Erfolg geführt hat. Ich wusste, dass ich gegen alle Prinzipien handelte, als ich den Brief in die Handtasche steckte. Aber ich konnte nicht anders. Ich wollte dich vor weiteren Dummheiten retten und dachte, alles andere würde sich von selbst erledigen. Heute habe ich nur noch einen Rat für dich: Lass dich nicht beirren! Halt sie fest!«

Daniel umarmte seine Mutter, die Einzige in diesem Hause, die sich ihr Herz bewahrt hatte. Auch sie passte eigentlich nicht hierher. Oder war es nicht vielleicht eher ein Glück, dass es sie noch in diesem Hause gab? Daniel versprach, sich oft bei ihr zu melden. Sie wiederum sagte, sie wolle ihm jederzeit zu helfen, wenn er sich jetzt allein durchs Leben schlagen musste. Der Abschied von seinem Vater fiel dagegen unter die Kategorie Drachenkampf. Nur dass der Drache, der sein Vater war, vor allem Rauch und wenig Feuer spuckte. König Dederow tobte und fuhr alles auf, was er an Vorwürfen gegen Daniel gesammelt hatte: dass er nur seinen Launen folge, seine Zukunft und die seines Landes zerstöre, ein Spielball der Gefühle sei, nie ein wirklicher Kämpfer werde, dass er auf die neue Welt – Dederows Lebenswerk – nur verächtlich spucke, den Verrätern in die Hände arbeite, nichts begriffen habe, undankbar sei und überhaupt die Konsequenzen zu tragen habe. Von nun an könne er nicht mehr mit familiärem Schutz rechnen, von einem Erbe ganz zu schweigen.

Ein alter, müder, verbitterter König saß vor Daniel, der – ohne es sich einzugestehen – zum Spielball fremder Leute geworden war und die Menschen nicht mehr verstand, falls er es überhaupt je getan hatte. Sogar seinen eigenen Sohn und dessen Drang, in die Welt hinauszuziehen, alles mit eigenen Augen zu sehen, seinem Herzen zu folgen und seine Kräfte auszuprobieren, verstand er nicht.

Daniel sagte: »Ich bin alt genug. Ich bin erwachsen und nicht verpflichtet, König zu werden. Ich war es nie. Jeder andere kann es sein, den du als Nachfolger auswählst. So steht es geschrieben. Ich verlasse dich und wünsche dir alles Gute!« Er verließ seinen Vater nicht im Zorn, sondern tief traurig über die Versteinerung eines Menschen, der einst so begeisterungsfähig war und den seine Mutter einmal sehr geliebt haben musste.

Daniel ging zurück auf sein Zimmer, ergriff den großen Koffer und die Tasche, buckelte sie hinaus auf die Galerie, von dort aus über den Flur, an den verdutzt blickenden Mitarbeitern vorbei, die Treppe hinunter. Zu Fuß ging er durch das Tor der Residenz, während die Wache die Finger zum Gruß an den Mützenschirm legte. Niemand half ihm. Er war ganz auf sich allein gestellt. Zum letzten Mal blickte er aus der Nähe auf den hohen Zaun und den tiefen Graben, die die Trutzburg seines Vaters vom Volk abschirmten. Er schaukelte mit seinem schweren Gepäck die Straße hinunter, und nach einigen Minuten war von ihm nichts mehr zu sehen.

Die erste Berührung

Wenige Tage darauf hielt Beatrice seinen Brief in der Hand:
»Liebste,
ich habe es wahr gemacht und die Residenz verlassen.

Ich beginne ganz neu und folge meinem Herzen. Würdest du es noch einmal wagen und den Weg zu mir finden? Dieses Mal, ich verspreche es dir, wird dich niemand behelligen. Ich sehne mich so nach dir!

Heb diesen Brief gut auf! Es ist der letzte, der dich auf gewohntem Wege erreicht.«

Und ob sie ihn aufheben würde. Beatrice las auf der Rückseite des Briefes, an welchem Tag und zu welcher Stunde Daniel im Park auf sie warten würde. Sie küsste den Brief und legte ihn in die Schublade zu den vielen anderen. Sehnsüchtig blickte sie hinüber zu dem Grau der Mauer, hinter dem sich die Welt Dederows erstreckte.

Das Unglaubliche geschah. Alles lief glatt. Der Soldat an der Mauer grinste zwar etwas süßsauer, als er ihren Namen las, aber es lag keine Order vor, sie zurückzuschicken. Ehe sie sich's versah, war sie jenseits der Mauer, die auf der anderen Seite militärisch streng wirkte, ohne bunte Bildchen, Sprüche oder blühende Rosenhecken. Die Häuser in Dederows Welt, das sah Beatrice sofort, waren alt, ihr Putz bröckelte, die Farbe fiel ab. Die Automobile auf der Straße klapperten und stänkerten. Die wenigen Läden wirkten, als stammten sie aus der Zeit vor fünfzig Jahren. Es mangelte an Lichtern und Farben. Die Eintönigkeit wurde nirgends durch knallige Werbung unterbrochen, wie man sie im Lande Beatrices an jeder Ecke finden konnte. Stätten der Ablenkung, gar des Vergnügens sah man kaum. An irgendeiner Ecke stand ein heruntergekommenes »Lichtspielhaus«, an einer anderen ein überlaufenes Restaurant. In der Ferne erblickte Beatrice auch neue Häuser, aber sie waren zu weit weg, als dass sie sich hätte ein Bild machen können.

Obwohl ihr vieles fremd war, schien es Beatrice jedoch, als liefe sie durch die schönste aller Welten. Vor gar nicht allzu langer Zeit hätte sie noch auf die vermeintliche Armseligkeit der Leute herabgesehen, ihren Kopf über deren »Untüchtigkeit« geschüttelt, so wie es ihr Vater immer tat. Doch heute hätte sie am liebsten alle Leute umarmt, die ihr entgegenkamen. Hinter der nächsten Ecke lag schon der Park. Beatrices Herz begann jetzt zu hüpfen, als wollte es schon einmal vorauseilen. Ihr Mund wurde trocken, ihre Knie weich, ihr Kopf war wie benebelt. Dann, endlich, erblickte sie eine große, schlanke Gestalt mit blondem Schopf. Die Gestalt schien nicht zu wissen, wohin mit ihren Händen.

Beatrice dachte nicht mehr daran, wie sie eigentlich laufen, schlendern, schreiten wollte. Sie ging einfach auf die lächelnde, freundliche Gestalt zu, strahlte sie mit ihren beneidenswerten Augen an (ein Gletscher wäre geschmolzen), legte den Kopf ein wenig schräg (noch mehr strahlend) und streckte ihre Hände aus.

Die erste Berührung der beiden war sehr leicht, fast schwebend. Sie warfen sich einander nicht an den Hals, sondern näherten sich vorsichtig, behutsam, um ja nichts zu verderben. Aber sie erkannten recht schnell: Wir haben uns nicht getäuscht! Ihr erster gemeinsamer Tag wog tausend Briefe auf. Wir lassen sie bei ihrem Spaziergang durch den Park und ihren langen Pausen auf verschiedenen Bänken allein, wir stören sie nicht in den Momenten, in denen sie alle ihre Sinne nutzten (wer zählt sie auf?), um einander zu entdecken – und das nimmt einen bekanntlich so gefangen, dass man dabei nicht auch noch beobachtet werden möchte.

Als sie wieder Luft holen und zum Sprechen kamen,

erzählte Daniel, dass er sich jetzt mit einem einstigen Schulfreund eine alte Wohnung ausbaue, einen heruntergekommenen Laden, bei dem alles gemacht werden müsse. Geld hatten sie kaum. Daniel trug täglich Zeitungen aus, mitten in der Nacht, um ein bisschen zu verdienen. Stundenweise half er auch in einem Geschäft beim Schleppen von Kisten und beim Auspacken von staubigen Gläsern, klebrigen Saftflaschen, Kohlköpfen und Äpfeln.

Beatrice hielt Daniels Hand. Sie schmiegte sich an ihn. Sie ließ sich ganz fallen, während Daniel erzählte, dass sein Schulfreund Tom hieß. Er hatte Daniel ohne viel zu fragen in seiner Bruchbude aufgenommen, die sie nun gemeinsam herrichteten. Das war eine Lauferei und Bettelei, eine Warterei und Schlepperei! Ein einziges neues Fenster, eine Tür, ein Wasserrohr, Putz für die Wände oder ein paar ordentliche Rollen Tapete zu besorgen, glich einem Abenteuer. Ob sein Vater, der König, der seinem Volk ein besseres Leben hatte schenken wollen, so etwas wusste?

Beatrice wandte ihren Blick nicht von Daniel, dessen Gesicht trotz des frühen Aufstehens, der Schufterei als Zeitungsbote, Ladenbursche und Wohnungsbauer glücklich wirkte. Sie schauten sich in die Augen, und es war, als öffnete jemand ein Zeittor und saugte beide hinweg in eine ferne Welt. Sie mussten sich aneinander festhalten.

Beatrice dachte an die Frage aus Daniels erstem Brief: »Aber was braucht man schon wirklich?« Plötzlich wusste sie genau, was sie brauchte. Und auch, was sie abwerfen musste, um glücklich zu werden. In diesem Augenblick war sie zu allem entschlossen.

Wir ahnen schon, was passieren sollte. Wir sehen Beatrice zurückkehren in ihre Residenz, in ihr Zimmer, das voller schöner Kleider, Püppchen, Schuhe, Taschen, Schminkkoffer, Hüte, Mäntel, voller Döschen und Fläschchen, Nippes und Deckchen steckte. In der Ecke verstaubte ihr Spielschloss aus Kindertagen. Die Königs-, Prinzessinnen- und Diener-Teddys glotzten frustriert vor sich hin.

Beatrice nahm Abschied. Sie packte. Vorher rief sie noch eine Nummer an, die Nummer der »Wilden«, wie ihre Mutter sie genannt hatte. Es waren ihre Freunde aus dem Camp, die einst mit ihr auf Fahrrädern ans Meer hatten fahren wollen. Einige von ihnen wohnten ganz in ihrer Nähe in einer großen Wohnung, die sie sich teilten. Sie waren zunächst erstaunt, dann sehr erfreut, als Beatrice sich meldete. Ob sie noch einen Platz für sie hätten? Aber gewiss! Natürlich! Für Prinzessinnen doch immer!

Beatrice lächelte. Sie stopfte die einfachsten Shirts, Hosen, Jacken und Pullover in ihre große Reisetasche, ein schwarzes Kleid, ein wenig Schminkzeug und Schmuck. Alle anderen Dinge, die ein Vermögen gekostet hatten, ließ sie im Schrank hängen und liegen. Wir hören schon andere Mädchen rufen: Ist die doof! Aber so war es nun einmal. Wir können daran nichts ändern. Natürlich griff sie sich auch ihre perlenbesetzte Handtasche, die ihr Glück gebracht hatte, und stopfte sie ebenfalls in die Tasche. Sie band ihre Haare zu einem Zopf zusammen, zog sich eine verwaschene Jeans an und einen Pullover drüber. Sie war keine Prinzessin mehr, sondern eine normale junge Frau, wie man sie auch heute täglich auf unseren Straßen sehen kann. Dann ging sie zu ihren Eltern, stellte sich vor sie hin und sagte, ohne mit der Wimper zu zucken: »Ich verlasse euch.«

König Bundislaus und Königin Sophia lächelten, als hätte soeben jemand gesagt: »Draußen steht ein Saurier. Er möchte einen Happen mitessen.«

»Wie bitte, Liebling?«, fragte Königin Sophia.

»Ich ver-las-se euch!«, wiederholte Beatrice.

»In diesem Aufzug? Und wann kommst du zurück?«

»Ich komme gar nicht mehr zurück.«

Der König und seine Frau brauchten lange, bis sie den Sinn dieser Worte begriffen hatten. Es kam alles ein bisschen plötzlich. Ihre Münder standen offen, ihre Augen waren kugelrund vor Entsetzen. Doch dann fassten sie sich wieder und beruhigten sich ein wenig. Ja ja, oho, sie verlässt uns! dachten sie. Das ist wieder einmal so eine Laune. Hatten wir ja schon mal. Das geht schnell vorbei. Ohne seinen Luxus kann das Kind ohnehin nicht glücklich sein. Niemand könnte ihr so ein Leben bieten wie wir!

»Wo willst du denn wohnen?«, fragte ihr dicker, gealterter Vater, als sei die Alternative zu seiner schönen Residenz nur das Waisenhaus.

»Bei Freunden, in einer WG«, antwortete Beatrice.

»Einer Weegee? Was ist das denn?«, fragte Königin Sophia.

»Eine Wohngemeinschaft, eigentlich eine Wohnung, die sich mehrere Leute teilen«, sagte Beatrice.

»Und was willst du tun?«, fragte König Bundislaus, als sei die Alternative zum Leben als Prinzessin nur das Betteln oder der Job bei der Müllabfuhr.

»Arbeiten, studieren, eine Tour machen, meinen Freund besuchen und später vielleicht eine Familie gründen. Leben eben. Alles andere wird sich schon nach und nach ergeben.«

»Du hast einen Freund?«, fragte Königin Sophia. Sie sagte: »Froiiiind«.

»Ach ja«, setzte Beatrice hinzu, »das hatte ich noch gar nicht gesagt: Ich liebe Daniel, den Sohn König Dederows. Wir haben uns schon getroffen und wollen zusammenbleiben.«

Ein Schlag hätte König Bundislaus auch nicht jäher treffen können als diese Nachricht. Alle zur Schau getragene Würde puffte plötzlich aus ihm heraus. Die göttliche Ordnung stellte sich quietschend auf den Kopf. Ein ganzes Jahrhundert voller Gerichtsräte, Minister und Butterfabrikanten krachte in sich zusammen. Seine Tochter, die stolze Prinzessin des Wohlstandsreiches, in dem es so frei zuging wie nirgendwo anders, liebte den Spross des verachteten Feindes, des armen, dahergelaufenen Tischlers, der das karge Ländchen der armen Verwandten immer tiefer ins Elend führte und hinter seiner hässlichen Mauer den König spielte! Das konnte nur dieser hinterlistige Dederow selbst eingefädelt haben! Das war das Ergebnis der Unterwanderung, der Anfang des Umsturzes!

»Daniels Vater weiß von nichts«, sagte Beatrice, die die Gedanken ihres Vaters nicht erst erraten musste. »Wir treffen uns heimlich, und ich werde auch ein ganz eigenes Leben führen, um euch keine Schwierigkeiten zu machen.«

Königin Sophia hatte Tränen in den Augen. Jetzt erst begriff sie, dass Beatrice nicht nur einfach einer ihrer Mädchenlaunen folgte, sondern dass sie wirklich fortgehen wollte. Und obwohl Sophia sonst so elegant und unnahbar tat, berührte sie diese Erkenntnis doch sehr. Bundislaus dagegen besann sich sofort wieder auf seine Rolle als König. Er hob zur großen Standpauke an, doch Beatrice kam ihm zuvor: »Ihr habt immer von der großen Freiheit geredet, davon, dass jeder in unserem Land tun und lassen kann, was er will«, sagte sie. »Nun, ich nutze jetzt meine Freiheit!«

Der König wurde wütend: »Dann komm aber auch nicht wieder angekrochen! Dann lebe doch deine Freiheit, ohne Schutz durch deine Herkunft. Dann ziehe doch zu den Schmarotzern in die Gosse«, zischte er. »Dann leg aber auch meinen Namen ab!«

Beatrice blickte ihren Vater ruhig an und sagte: »Es tut mir weh, es zu sagen, aber genau das ist es, was mich verletzt und weswegen ich fortgehe: Ihr wettert in euren feierlichen Reden gegen die Arroganz und Herzlosigkeit anderer. Aber ihr beschimpft Leute, die anders sein wollen als ihr, als Schmarotzer. Ihr redet andauernd von der Freiheit und vom Glück des Tüchtigen. Aber die Freien und Tüchtigen zählen nichts für euch, nur Erfolg und die richtige Herkunft. Ihr beschwört in euren großen Reden die Nächstenliebe. Aber das Wohl eurer Allernächsten – meines nämlich – kümmert euch nicht. Ihr glaubt, eurem Feind Dederow meilenweit überlegen zu sein. Aber auch ihr verstoßt jene, die nicht nach eurer Pfeife tanzen wollen. Euer Gott heißt Geld. Lange schon habt ihr eure Urgroßväter verraten. Denn die standen noch selbst in der Butterfabrik, warfen alles, was sie hatten, in die Waagschale, um etwas auf die Beine zu stellen. Die hatten noch eine Idee. Ihr aber fahrt nur noch die Ernte ein und versucht mit Drohungen und Intrigen eure Macht zu erhalten.«

Was für eine großartige Rede, und dazu noch mit einer zornigen, klaren Stimme vorgetragen! Darauf gab es nichts mehr zu erwidern. König Bundislaus und Königin Sophia schwiegen und saßen da, als hätte jemand die Luft aus ihnen herausgelassen.

Dederow fühlt sich von allen verlassen

»PRINZESSIN ADE. Beatrice zieht aus dem Himmelbett in die lausige Matratzenwelt einer Wohngemeinschaft«, titelte die »BUNT-Zeitung«, das führende Krawallblatt im Lande Bundislaus'. Andere Blätter schrieben: »KRACH IM HAUSE BUNDISLAUS« – »WACKELT DIE MACHT DES KÖNIGSHAUSES?« – »WAS HAT BEATRICE VERTRIEBEN?« – BEAS LIAISON MIT DANIEL DEDEROW«. Die letzte Schlagzeile schlug wie eine Bombe ein. Bisher hatte nur eine Handvoll Leute von der Beziehung zwischen Beatrice und Daniel gewusst. Aber in jedem Herrscherhause gibt es eine undichte Stelle. Und so hatte auch ein Journalist davon erfahren. Im Nu machte die Neuigkeit die Runde. Manche Blätter titelten herzzerreißend: »BÄRENBURGER ROMANZE« und »BRINGT DIE LIEBE DIE EINHEIT?«. Andere zweifelten: »OB DAS MAL GUT GEHT?« oder texteten rührselig: »ZWEI HERZEN IM FLUG ÜBER DIE MAUER«.

Auch König Dederow erfuhr von der Beziehung seines Sohnes zu Beatrice erst aus der Zeitung. Jeden Morgen nämlich legte ihm ein Mitarbeiter die Blätter der anderen Seite vor, und der Mitarbeiter, der dies an diesem Tage tat, hatte nicht aufgepasst. Als Dederow las, mit wem sein Sohn verkehrte, bekam er sofort Atemnot. Er rieb sich panisch über die Glatze und klingelte nach Intimus Stasius. Dieser kam dienstbeflissen herbeigeeilt.

»Seit wann weißt du davon?«, fragte ihn Dederow.

Stasius blickte unschuldig, zuckte mit den Schultern.

»Konntest du das nicht verhindern?«, fragte der König. »Wie stehe ich denn jetzt da? Mein Sohn verbandelt sich mit dem schlimmsten Feind!« Und plötzlich schrie er mit seiner Fistelstimme, so laut, wie er es lange nicht getan hatte: »Werde ich denn von allen verraten? Wo waren deine Augen, Stasius? Kontrollierst du nicht alles, die Post, die Wege durch die Mauer? Hatten wir nicht die Dummheiten des verfluchten Bengels im Griff? Wie konnte es passieren, dass er uns dennoch aus den Händen gleitet?«

Dederow liefen Tränen in die Augen, das erste Mal nach langer, langer Zeit. »Du hast mir meinen Sohn genommen, Stasius«, schluchzte er, tief bekümmert und enttäuscht. »Du hast nicht aufgepasst oder wieder dein doppeltes Spiel gespielt. Oder denkst du, ich merke so etwas nicht?« Stasius schnappte nach Luft, war beleidigt, empört und hob zu seiner Verteidigung an. Doch Dederow rief: »Du hast versagt! Ich will dich nicht mehr sehen! Raus!!!«

Stasius lief zur Tür und würgte dabei die letzten Worte hinunter. König Dederow war auf ihn angewiesen, das wusste er. Irgendwann würde er schon wieder angekrochen kommen. Er konnte ihm nichts anhaben. Dennoch spürte er, dass ihr Verhältnis von nun an einen Knacks hatte. Als Stasius verschwunden war, brach der ganze Kummer aus Dederow heraus. Im Zorn hatte sich sein Schmerz entladen. Aber nun erkannte er, dass er wirklich allein war. Nicht einmal mehr auf Stasius konnte er sich verlassen. Seinem Sohn hatte er nie sagen können, dass er ihn mochte. Stets war er ihm mit Vorwürfen begegnet. Nun war er ihm verloren gegangen. Und König Dederow fühlte eine tiefe, jämmerliche, nahezu endlose Einsamkeit.

Man kann nicht behaupten, dass die Nachrichten über Beatrice und Daniel die Beziehung der beiden Könige verbesserten. Beide waren verbittert. Das Klima zwischen ihnen wurde frostiger denn je. Man hätte ein Kühlhaus mit ihnen betreiben können. Die Friedensboten saßen tatenlos herum. Der eine König warf dem anderen vor, ihm das Kind geraubt zu haben. Die Soldaten an der Mauer kontrollierten nun wieder jede zweite Tasche so penibel wie möglich und erwiesen sich als wahre Virtuosen der Schikane. Bundislaus wiederum hielt die vertraglich zugesagte Lieferung von Geld zurück, das Dederow dringend gebraucht hätte.

Beatrice indes hatte zu jobben angefangen, um eigenes Geld zu verdienen. Sie kümmerte sich nicht um das Gerede und Gezeter. Sie schleppte im Gartenrestaurant Tabletts mit Biergläsern. Sie wies als Hostess auf Gala-Veranstaltungen die Gäste ein. Fotografen verfolgten sie. Regelmäßig erschienen Bilder von ihr in den Zeitungen. Die Veranstalter brüsteten sich damit, eine »echte, aufregende Prinzessin« als Hostess engagieren zu können. König Bundislaus flehte Beatrice aus seiner Residenz heraus brieflich an, doch »den Schein zu wahren« und die Verstimmung zwischen ihnen nicht so deutlich zu zeigen. Doch Beatrice zuckte nur mit den Schultern. Wovor hatte er Angst? Fürchtete er, dass man sah, wie sie arbeitete? Sollten die Zeitungen doch schreiben, was sie wollten, sollten sie doch ihre Bilder bringen! Es war ihr egal, ob sie eine geborene Prinzessin war oder nicht. In ihrem kleinen Zimmer in der Gemeinschaftswohnung hatte sie sich gut eingelebt. Viel brauchte sie nicht, ein paar Möbel, Radio, Fernseher – alles gebraucht gekauft. Ihre Freunde aus dem Camp, bei denen sie eingezogen war, neckten sie und scherzten mit ihr. »Na, wer macht denn heute den Abwasch?«, fragten sie. »Unsere Prinzessin doch wohl nicht. Dann kann sie ja hinterher das güldene Zepter nicht mehr halten!«

»Ihr Armleuchter!«, rief Beatrice, und dann bewarfen sie sich lachend mit allem, was in der Wohnküche herumlag und nicht gerade Beulen verursachte.

Gemeinsam fuhren sie auf Fahrrädern in den Norden. Sie schliefen auf Matten unter freiem Himmel. Sie saßen am offenen Feuer. Es regnete in ihre Zelte hinein. Sie badeten nackt im Meer. Sie halfen einigen Leuten, eine Wiese zu besetzen, um zu verhindern, dass man eine Straße auf ihr baute. Sie fuhren auf einem Bauernhof Mist und wuchteten große Strohballen durch die Scheunenluke. Nie kam ein weiß gekleideter Diener um die Ecke, um ihnen einen Cocktail zu servieren. Beatrice vermisste ihn auch nicht. Ihre Freunde tranken Bier, und ein Diener mit feinen italienischen Schuhen wäre auf dem Weg über den Hof nach spätestens sechs Schritten im Matsch ausgerutscht.

Sie fuhren wieder zurück in ihre Wohnung. In den freien Stunden saß Beatrice in ihrem Zimmerchen über Büchern und lernte. Denn sie wollte studieren, Ärztin, Anwältin, Ökologin – sie wusste es noch nicht. Sie fühlte sich gut. Die Residenz ihres Vaters schien ihr so weit entfernt wie der Mond. Nur manchmal dachte sie an ihre Kinderzeit zurück, an ihr Zimmer, ihr Teddyschloss, ihre Reisen mit dem Fernglas über das Land. Und wir würden lügen, wenn wir bestritten, dass nicht auch ein wenig Wehmut dabei war.

Die ganze Zeit fragen wir uns natürlich: Was war denn nun mit Daniel? Trafen sie sich? Ging die Geschichte zwischen den beiden voran? Nun ja, das ist nicht ganz einfach zu beantworten. Gewiss – sie liebten sich. Sie schrieben sich täglich Briefe unter ihren neuen Adressen, gewöhnlichen Hausnummern in gewöhnlichen Straßen. Hätte sie jemand daran gehindert, sie hätten sofort unter Deckadressen weitergeschrieben. Sie teilten sich mit, was sie erlebten, dachten, fühlten. Doch eines können wir hier nicht versprechen: dass sie je ein gemeinsames Leben haben würden. Liebe hin oder her – sie konnten sich nicht entscheiden, für immer im Land des anderen zu leben.

Beatrice schrieb: »Ach, Daniel, in deinem Land ist es mir zu eng. Mit den grauen Häusern könnte ich leben, aber nicht mit den vielen Beschränkungen. Du hast ja nicht einmal einen Pass, um in die Welt reisen zu können.«

Daniel antwortete: »Du kennst mein Land nicht. Du siehst es nur von außen, mit fremden Augen. Ich werfe dir das nicht vor, denn auch ich sehe nur die Fassade deines Landes. Sie wirkt so bunt, aber manchmal auch so verlogen. Es tut mir Leid, aber ich kann hier nicht weg. Ich fühle mich hier zu Hause, trotz des Stasius. Ich weiß nicht, woran das liegt. Hier ist das Leben so mühevoll, und vielleicht reizt es mich gerade deshalb. Ich hätte auch das Gefühl, die Leute im Stich zu lassen, wenn ich jetzt verschwände. Das wäre doch ein Signal, das eure Zeitungen sofort ausschlachteten: Der Königsohn läuft über! Nein, Beatrice, noch hoffe ich. Hier gibt es so viel zu tun, und vielleicht wird einmal alles besser. Verzeih mir, Liebste!«

Die Gruppe der Gerechten

Jede Geschichte geht einmal zu Ende, und wir ahnen schon, dass das mit unserer auch bald geschehen wird. Nur: Was für ein Ende wird sie nehmen? Nach einem besonders guten sieht es nicht aus. Freundschaft, die keine Nahrung erhält, verkümmert. Liebe, die nur auf Widrigkeiten stößt, erschöpft sich – wie ein begeisterter Wanderer, der morgens bei schönem Wetter aufbricht und abends, zerbeult von Stürzen und durchnässt von Regengüssen, ins Nachtquartier stolpert. Der kann sich an der Natur auch nicht mehr begeistern, zumindest in dieser Nacht nicht. Vielleicht läuft die Liebe aber auch einfach aus wie ein durchlöchertes Fass. Wir wissen es nicht.

Noch begeisterten sich Beatrice und Daniel aneinander. Noch schrieben sie sich täglich liebevolle Briefe, deren Hin und Her Stasius natürlich weiter verfolgte. Seine Mitarbeiter an der Postschleuse registrierten jeden Brief. Weil aber Daniel keine Geheimnisse aus der Residenz mehr ausplaudern konnte und Beatrice als Königstochter, die außerhalb des Bundislaus-Schlosses lebte, relativ ungefährlich war, ließ Stasius die Sache laufen. Manche Briefe ließ er öffnen und kopieren. Man kann gar nicht genug Informationen sammeln, dachte er.

Seine Nervenstränge waren in dieser Zeit äußerst straff gespannt, und jederzeit hätte einer von ihnen reißen können. Der Grund: Wieder liefen Tausende Menschen aus dem Reich Dederows davon, genau wie vor dem Tag, an dem die Mauer gebaut wurde. Sie glaubten daran, dass Bundislaus ihnen bessere Chancen und ein schöneres Leben bieten konnte. Über die Mauer schafften es die Wenigsten. Das Bauwerk stand gewaltiger und fester denn je. Und einer der wenigen Sätze, die von König Dederow, der sich verkrochen hatte, noch zu hören waren, lautete: »Die Mauer wird noch hundert Jahre stehen!« (Wir merken hier schon einmal an, dass bei solchen Zeitangaben – egal welcher Herrscher sie auch gerade macht – immer Vorsicht geboten ist.)

Die meisten Leute versuchten, durch Schlupflöcher hinauszugelangen, die sich irgendwo anders auftaten. Sie fuhren zum Beispiel in eines der wenigen befreundeten Länder, die sie ohne richtigen Pass bereisen konnten – Balatonien oder Knedelitz – und klopften dort an die Tür der Bundislausschen Botschaft. Machte man ihnen auf, sprangen sie schnell hinein und waren damit quasi schon in Bundislaus' Reich. Die Botschaftsmitarbeiter schlugen die Hände über den Köpfen zusammen, weil bald überall, auf den Fluren, in den Höfen, auf den Treppen, ganze Familien aus dem Lande Dederows kampierten. Und je mehr sich diese Möglichkeit in Dederows Volk herumsprach, desto mehr kamen. Bundislaus musste sie alle aufnehmen. Seit Jahren verkündete er, der einzig rechtmäßige König in ganz Bärenburg zu sein und die Verantwortung für alle Bärenburger zu tragen. Nun musste er auch dafür sorgen, dass sie den weiten Weg von den Botschaften in Balatonien und Knedelitz bis in sein Reich schafften.

Stasius tobte, und König Dederow sah die Vorgänge, gelähmt vor Entsetzen. Er saß in seinem Sessel, formlos, alt, krank und verlassen – mit müden Augen und weißem, dünnen Kinnbärtchen. Er besaß nicht einmal mehr die Kraft zu toben, seine Fistelstimme zu erheben, mit der Faust auf den Tisch zu schlagen. Ihm schwammen die Felle weg. Mit Stasius hatte er Krach, und auch der rote Marschall, der aus der Ferne das Schwert schützend über ihn gehalten hatte, war ihm untreu geworden. Wie das? Ganz einfach, er war gestorben. Auch General Genny hatte diesen Fehler begangen, und zwar schon vor einer gewissen Zeit. Die beiden noch recht jungen Nachfolger der Großmächtigen schienen wohl keine rechte Lust mehr zum Zähnefletschen und gegenseitigen Bedrohen zu haben. Sie hatten vielleicht auch erkannt, dass es immer gefährlicher wurde und am Ende das Leben aller bedrohte. Wie auch immer. Dederow erfuhr jedenfalls nichts Genaues mehr.

Ab und zu kam Stasius zur Tür herein. Er zog ein hochmütiges Gesicht, das Dederow sagen sollte: »Ohne mich, Alter, wärst du aufgeschmissen«, und warf ihm eines der Flugblätter auf den Tisch, die plötzlich überall auftauchten. Nicht nur, dass Dederow die Leute wegliefen – nein, im Lande selbst gab es eine inzwischen Gruppe, die gegen ihn hetzte und diese Flugblätter schrieb. Eines lautete so:

»König Dederow!

Warum verkriechst du dich? Warum willst du nichts sehen? Warum willst du nicht wissen, aus welchen Gründen dir die Leute weglaufen? Sie tun es nicht nur, weil sie vieles nicht zu kaufen bekommen. Nein, du bist es, vor dem sie fliehen. Du lähmst sie mit deinem Missmut. Du behandelst sie wie kleine Kinder, die nicht allein denken und nicht allein laufen dürfen.

Warum lässt du dein Volk nicht frei? Es ist erwachsen genug. Warum redest du mit ihm nicht endlich offen über alles, was in deinem Land schiefläuft und was sicher auch dich quält? Wir hoffen doch, dass du noch einen Rest von Herz besitzt.

Warum gibst du nicht jedem in deinem Land einen Pass, damit er sich die Welt mit eigenen Augen ansehen kann? Damit er selbst erkennen kann, dass Bundislaus' Reich zwar bunt und aufregend ist, aber auch nicht das Paradies auf Erden!

Warum können sich in deinem Land die einen schöne Häuser leisten, während sich die anderen, wenn sie überhaupt das Glück haben, mühsam eine alte, baufällige Wohnung herrichten müssen? Warum verfügen die einen durch Zufall oder Beziehungen über funkelnde Bundis-Taler, mit denen sie sich auch hierzulande alles kaufen können, die anderen aber nicht?

Wo bleibt die neue Welt der Gleichheit und Gerechtigkeit, die du uns versprochen hast? Von der Freiheit in dieser Welt ganz zu schweigen.«

Das Flugblatt, das überall – in Läden, auf Straßen und Bahnhöfen – auftauchte, war unterzeichnet von einer »Gruppe der Gerechten«. Stasius tobte vor König Dederow durch den Raum. Seit einiger Zeit hatte er seine zur Schau gestellte Ruhe völlig verloren. Er ballte die Fäuste und spielte sich als der Einzige auf, der Dederow noch retten konnte. »Ich werde die Täter finden und am Kragen zur Tür hereinschleifen«, schrie er. Dederow legte beide Hände auf die Ohren. Ihm war dieser Stasius zu laut. Wo ist nur sein zurückhaltendes, dienendes Wesen geblieben, das mich jahrelang erfreut hat?, fragte er sich. Und warum muss man mich auf meine alten Tage noch so quälen?

Abends redete auch noch Königin Gertrud auf ihn ein: »Dedi, du musst etwas tun! Du musst endlich vor dein Volk treten und offen reden. Sag die Wahrheit, zeig ihnen, dass du dir Sorgen machst!« Welche Wahrheit?, dachte Dederow müde. Die Wahrheit, dass er, sobald die Leute anfingen, das gleiche Leben wie bei Bundislaus einzufordern, am Ende wäre? Gäbe er ihnen allen einen Reisepass, woher sollte er dann das Geld nehmen, damit sich all die vielen Reisenden in Makaronien oder wo auch immer auch nur eine Fahrkarte kaufen könnten? Ließe er sein Volk in die Welt hinausziehen, käme es mit wilden Träumen und unerfüllbaren Forderungen zurück – wenn es überhaupt zurückkäme. Die Mauer wäre dann völlig unnütz. Nein, dachte Dederow, es gilt, diese Zeit irgendwie zu überstehen. Augen zu und durch! Sein Volk, das waren eben Kinder, die man vor den Gefahren der Welt beschützen musste. Dereinst würden sie ihm dankbar sein!

Daniel und sein alter Schulfreund Tom bauten zu dieser

Zeit noch immer an ihrer kleinen Wohnung herum. Inzwischen war der ehemalige Prinz ein richtiger (Tom sagte »gelernter«) Dederow-Bürger geworden und sah das Leben in seines Vaters Reich von der ganz alltäglichen Seite. Er buckelte sich früh mit seinen Zeitungen ab, packte im Laden Kisten aus, schaute jeden zweiten Tag bei einer Rohrfabrik und bei Elektrikern vorbei, ob er nicht ein neues Wasserrohr oder einige Meter Kabel für eine neue Stromanlage »organisieren« konnte, damit es in ihrer Wohnung endlich voranging. Dicke Bücher hätte man mit Geschichten vollschreiben können, die sich zum Beispiel um den Erwerb eines einfachen Wasserboilers drehten. Gönnte sich Daniel einmal eine kleine Pause, dann schrieb er Beatrice und erzählte ihr von seinem neuesten Abenteuer.

Eines Tages schrieb sie zurück:

»Daniel, Liebster. Ich höre, wie euer Volk murrt. Ich höre, wie euer verhasster Stasius tobt und die Leute verhaftet. Über all das berichtet man bei uns. Das kann doch nicht mehr lange gutgehen. O, Liebster, ich habe Angst um dich. Ich will für dich alles stehen- und liegenlassen, auch wenn ich hier vieles habe, was ich ungern verlassen würde.

Aber ich liebe dich. Lass uns zusammen fliehen! Fahr nach Balatonien oder Knedelitz! Warte dort auf mich, ich werde dir folgen! Gemeinsam suchen wir uns ein fernes Land, in dem uns niemand kennt und niemand verfolgen kann. Dort beginnen wir ganz von vorn.

In Liebe, deine Beatrice.«

Ach, der dumme Daniel. Statt nach diesem Beweis grenzenloser Liebe alles stehen- und liegenzulassen und mit seiner vor Sehnsucht vergehenden Beatrice zu fliehen, zögerte er. Er antwortete: »Warte noch, Liebste! Noch ist die Zeit nicht reif. Hab Geduld!«

Warum tat er das? Verging er denn nicht auch vor Sehnsucht? Wollte er lieber weiter nach Wasserrohren und Tapetenrollen jagen, Zeitungen und Gemüsekisten schleppen? Beatrice schüttelte verzweifelt den Kopf. Sicher, sie fühlte sich auch wohl zwischen ihren Freunden, sie wollte irgendwann studieren und plante auch sonst so manches. Aber was bedeutete das alles gegen eine einzige Stunde mit ihm? So fühlte sie. Und was tat er? Er schrieb ihr sogar, sie solle zur Zeit lieber nicht durch die Mauer kommen. Die Lage sei einfach zu unsicher. Er hielt sie hin, verstörte sie, spielte mit ihren Gefühlen. Ja, so konnte man es sehen.

Aber so sah es Daniel nicht. Er war völlig mit sich selbst überfordert. Er spürte, dass das Reich seines Vaters, das ihm von Kindheit an vertraut und auch oft verhasst war, plötzlich zu knarren anfing. Nach langen Jahren des Vor-Sich-Hindümpelns setzte sich das Schiff Dederows ächzend und stöhnend in Bewegung, und niemand wusste, wo es einmal stranden würde. Daniel starrte auf dieses erste Schaukeln. Er sah, wie die einen schon die Strickleitern erklommen, um die Segel zu setzen, während die anderen mit Messern die Takelage kappten, um sie daran zu hindern. Die einen brüllten: In den Wind drehen! Die anderen blockierten das Ruder. Am Steuerrad, wo eigentlich sein Vater hätte stehen sollen, stand niemand. Wenn es je eine Gelegenheit gegeben hatte, dieses Steuer zu übernehmen, dann war sie jetzt gekommen.

Als Daniel eines Tages in der Wohnung eine Stelle in der Mauer ausbessern wollte und einen lockeren Mauerstein herausnahm, stieß er dahinter auf ein zusammengerolltes Bündel Papier. Er öffnete das Band, das es zusammenhielt, und las plötzlich: »König Dederow! Warum verkriechst du dich?« Es folgte ein langer, aufmüpfiger Text, unterschrieben mit »Gruppe der Gerechten«

Daniel erschauerte. Das Flugblatt, das überall in der Stadt auftauchte, nach dem überall gefahndet wurde, war in dieser Wohnung versteckt? Hatte es gar hier seinen Ausgang genommen? Als sein Schulfreund Tom abends nach Hause kam, stellte er ihn zur Rede. Zunächst eierte Tom herum, doch dann gab er zu: »Wir sind eine Gruppe, und wir treffen uns regelmäßig.«

Daniel sagte: »Euer Text ist gut. Er trifft die wunde Stelle meines Vaters. Aber man kann es noch besser machen. Bitte, lasst mich euch helfen!«

»Nein, es geht nicht«, rief Tom. »Du darfst nicht mitkommen zu unseren Treffen. Stasius hat gewiss Spitzel auf dich angesetzt und beobachtet dich. Du bist der Königssohn, du darfst nichts tun, was dich in Gefahr bringt.«

»Ach, Quatsch! Ich bin jetzt ein ganz normaler Zeitungsausträger und Gemüsekistenschlepper. Und ich kenne meinen Vater, Intimus Stasius und all die anderen viel besser als ihr alle zusammen. Bitte, lasst mich mitmachen!«

»Nein, Daniel, nein! Die anderen würden dir vielleicht nicht trauen«, sagte Tom bedauernd. Daniel wurde wütend. Tom blieb hart. Was die beiden nicht wussten, aber doch immerhin nahelag, war: Stasius hatte längst einen geheimen Mitarbeiter in die »Gruppe der Gerechten« eingeschleust.

Königin Gertrud nimmt die Sache in die Hand

Nach dem Gespräch mit Tom war Daniel noch lange zornig. Was? Man konnte ihm nicht trauen, nur weil er der Sohn Dederows war? Na, die sollten ihn kennenlernen, sagte sich Daniel, und er überlegte, was dem Reich seines Vaters, diesem schwerfällig schaukelnden Schiff, den größten Schub geben konnte. Und er kam auf eins: Öffentlichkeit! Nichts fürchtete Stasius so sehr wie die Öffentlichkeit. Nur im Verborgenen, im Dunkeln, im Keller und von seinem abgeschiedenen Turm aus konnte er wühlen und lauschen, beobachten und intrigieren.

Jede Öffentlichkeit war gefährlich. Und so erinnerte sich Daniel an das Angebot seiner Mutter, der Königin Gertrud, stets ein offenes Ohr für ihn zu haben. Er sagte sich: Was Stasius meinem Vater verheimlicht, um ihn in der Rolle des Abhängigen zu halten und selbst seine Netze zu knüpfen, muss mein Vater eben von mir selbst erfahren! Abends setzte er sich in sein Zimmer, zerschnitt ein Dutzend Bögen Papier und schrieb auf hundert Blätter: »Wer braucht Hilfe?« Jedes Problem und jeder Kummer, von denen die Regierung Dederows erfahren sollte, seien bei ihm an der richtigen Adresse, setzte er hinzu. Er schrieb auch seine Telefonnummer daneben, und am nächsten Morgen steckte er in jede Zeitung, die er austrug, einen Zettel. Natürlich war Stasius bereits am Mittag darüber informiert. Doch wartete er erst einmal ab, wie weit es dieser verräterische Königssohn noch treiben würde.

Die Leute zögerten ein Weilchen, doch bereits nach

zwei Tagen riefen die ersten an. Daniel sagte ihnen, dass er ihren Fall auf Wunsch auch anonym behandeln würde, doch die meisten waren so wütend darüber, seit einer Ewigkeit mit ihrem Problem oder ihrem Kummer auf taube Ohren gestoßen zu sein, dass sie Daniel, der so ehrlich klang, alles offenen Herzens erzählten. Er steckte die aufgeschriebenen Geschichten in einen großen Umschlag und rief seine Mutter an, sie solle doch einen Boten schicken, um etwas für sie persönlich abzuholen. Und so erhielt Königin Gertrud ein Paket mit all den Sorgen, Problemen und Kümmernissen der Leute auf den Tisch, die Daniel hatte sammeln können. Und es kamen immer neue dazu.

Abends setzte sich Königin Gertrud in ihrem grauen Kleid, dessen Farbe sich seit langem schon der Ton ihrer Haare angepasst hatte, unter die Leselampe in ihrem Zimmer. Sie las zum ersten Mal eine solche Sammlung von Geschichten aus dem Land, das ihr Mann beherrschte. Und was sie da alles lesen musste! Seitenweise ging es um Ignoranz, Schlamperei und Ungerechtigkeit. Da lebte zum Beispiel ein Mann, der schwer krank war und dringend eine besondere Arznei benötigte. Diese Arznei gab es aber nur im Lande Bundislaus' gegen wertvolle Bundis-Taler. Über diese verfügte der kranke Mann aber nicht, er war nur ein einfacher Mann. Dafür saß sein Nachbar, der für Dederow im Handel tätig war, an einer sprudelnden Taler-Quelle. Er kaufte sich für das Geld einen Swimmingpool, in dem er lebenslustig und prustend vor den Augen des Schwerkranken herumplanschte.

Oder eine andere Geschichte: Eine alte Dame besaß nichts mehr, was ihr Freude machte, außer einer Katze und ein paar Blumentöpfen. Doch von einem Tag auf den anderen durfte sie ihren Balkon nicht mehr betreten, denn er war baufällig, und so wurde er eben gesperrt. Auf den Hinweis der alten Dame, man könne ihn vielleicht doch reparieren, antwortete eine schäbige Bürokratenseele: »Ja, könnte man, aber es ist kein Material da.« Und anstatt ihr den Balkon zu reparieren, nagelten Handwerker der Frau die Balkontür zu.

Königin Gertrud las die ganze Nacht. Sie las, dass Leute nicht in das Reich Bundislaus' hinüberfahren durften, weil sie in des Stasius Sprachgebrauch »unsichere Kandidaten« oder »unabkömmlich« waren. Dabei lag auf der anderen Seite die schwerkranke Mutter. Andere Leute liefen jahrelang irgendwelchen kleinlichen Genehmigungen hinterher, hatten sich schon völlig aufgerieben und scheiterten immer wieder an Willkür, Unlust, Faulheit oder einfach Frechheit von Beamten, die Dederow eingesetzt hatte.

Mit dem ganzen Packen Geschichten lief Königin Gertrud am nächsten Morgen zu König Dederow. Dieser legte wieder einmal beide Hände auf die Ohren und wiegte den schweren Kopf wie ein Bär hin und her.

»Dedi«, sagte die Königin, »hör doch wenigstens einen Moment zu!«

»Es ist zu viel, es ist so schrecklich. Ich kann nicht mehr!«, jammerte der König.

»Wozu bist du dann noch König?«, fragte die Königin. Sie saß da, in ihrem einfachen Kleid mit ihren zum Knoten gebundenen Haaren, und schaute ihren Mann an, als sei dieser ein Kind, das seinen Brei nicht aufessen möchte.

»Was soll ich denn tun?«, greinte der König. »Soll ich etwa zurücktreten? Darauf warten doch alle. Aber ich bleibe hier sitzen, auf meinem Posten, bis man mich wegträgt. So habe ich es gelernt.«

»Aber wozu sitzt du auf deinem Posten? Zu welchem Zweck?«, fragte die Königin.

»Für mein Volk!«, antwortete der König.

»Ach, und du meinst, dein Volk hat etwas davon, dass du hier sitzt und jammerst?«

»O je, Trulla«, stöhnte der König, »was soll ich denn aber tun?«

»Du wolltest doch immer den Leuten helfen. Oder wolltest du das etwa nicht? Hab ich mich damals, als wir uns kennenlernten, in dir getäuscht? Waren all die Jahre, die du herrschst, umsonst?«

»Umsonst, Trulla, völlig umsonst!«, zeterte der König. »Alles ist verloren!«

»Nichts ist verloren, wenn du noch ein Fünkchen Anstand hast«, sprach die Königin. »Hilf diesen Menschen, so gut du kannst!«

»Ach, Trulla, ich habe keine Kraft mehr. Nimm mein Siegel und tu alles, was du für richtig hältst!«

Die Königin nahm Daniels Briefe, des Königs Siegel und zog sich in ihr Zimmer zurück. Jedes einzelnen Falls nahm sie sich an. Mit Brief und Siegel erhielt jeder einzelne Beamte die Order, sich um die Lösung zu kümmern. Der Schwerkranke erhielt seine Arznei, die alte Dame einen neuen Balkon, der Sohn die Erlaubnis, zu seiner Mutter ins Land Bundislaus' zu fahren. Die vielen Fälle aber, die nicht bis zu ihr gedrungen waren, konnte sie nicht lösen. Vor allem aber konnte sie die Starre und den Missmut, die sich über das Land gelegt hatten, nicht auflösen. Dennoch war Daniel stolz auf sie.

Unheimliche Stille

Pötzlich aber geschah etwas, das Daniels Zorn endgültig in Wallung brachte. Eines Tages wurde Tom mitten auf der Straße verhaftet. Drei Mitarbeiter packten ihn und stießen ihn in einen Wagen. Jemand hatte Tom beobachtet, wie er Zettel der »Gruppe der Gerechten« im Park auf den Bänken verteilte. Daniel kochte das Blut. Er sah diesen feigen, rattenhaften Stasius vor sich, wie er in seinem Turm saß, die Spitzelberichte auftürmte und seine Mitarbeiter losschickte, um Leute zu verhaften. Während Tom ins Gefängnis gefahren wurde, lief Daniel von seiner Wohnung aus durch die Straßen. Er lief und lief, bis er vor der Residenz stand. Die Wachen bekamen vor Staunen runde Augen, als sie den verlorenen Königssohn wiederkehren sahen – in einer blauen, mörtelbekleckerten Montur, weil er gerade beim Verputzen der Wände seiner Wohnung gewesen war.

Er brüllte: »Komm raus, Stasius! Stell dich!«

Leute blieben stehen und drehten sich um.

Daniel trommelte ans Tor und rüttelte am Zaun, aber niemand ließ ihn ein.

»Stasius, du elende Ratte, komm raus!«

Doch das große Haus blieb still. Und die Wachen vergingen fast vor Pein, denn sie hätten eigentlich reagieren und Daniel festnehmen müssen. Zum Glück ließ dieser vom Zaun der Residenz, die einmal sein Vaterhaus gewesen war, ab und lief zurück in seine Wohnung. Er zerschnitt von neuem einige Bögen Papier und schrieb mit geschwungener Schrift auf jeden der entstandenen Zettel:

»KÖNIG DEDEROW!

Warum zögerst du noch? Warum trittst du nicht offen vor dein Volk?

Warum – o König – stellst du dich noch immer vor diesen Stasius?

Oder steht er etwa vor dir und verdeckt dich so, dass man dich nicht mehr sehen kann?

Hört, Leute: Dieser Stasius bespitzelt alle. Er hat sogar den König in der Hand.

Er sitzt in der Residenz in einem Turm, von dem aus er das ganze Volk überwacht.«

Als diese Zettel in der Stadt auftauchten, schwärmte ein Dutzend schwarzer Wagen voller Mitarbeiter aus. Sie sausten in höchster Eile durch die Straßen, ausgesandt von einem vor Wut im Karree springenden Stasius, um die Hetzschriften aufzuspüren und einzusammeln. Als Stasius sie in der Hand hielt, lief er stracks zu König Dederow, den Beweis im Triumph über seinem Kopf schwenkend. Er kannte natürlich die Handschrift des Verräters. Es war dieselbe Hand, die Briefe an die Tochter des Feindes schrieb.

Mit bebender Brust rief er schon von weitem, unwillkürlich in einen pathetischen Ton fallend: »Exzellenz, ich habe euch die einen Verräter vor die Füße geworfen. Nun liefere ich euch auch euren verräterischen Sohn, auf dass er für ewig in der Zelle schmore!«

Aber mit der Reaktion, die nun kam, hatte er gewiss nicht gerechnet. Der alte, kranke König erhob sich aus seinem Sessel. Er zitterte am ganzen Leibe und starrte Intimus Stasius wie ein Gespenst an. Dann sagte er: »Gib doch endlich Ruhe! Was willst du denn noch? Mein Sohn ist weg! Er ist genauso ein Hitzkopf, wie ich einer war. Doch heute bin ich ein toter Mann, und du – Stasius – hast deinen Teil dazu beigetragen. Nun lass mich endlich in Frieden! Lass meinen Sohn in Ruhe! Und lass mich allein!«

Stasius wich zurück und taumelte auf den Flur hinaus.

Der König war ein toter Mann! Deutlicher konnte man es nicht sagen. Doch was sollte er, Stasius, jetzt machen? Nahte jetzt endlich seine Stunde? Musste er nicht das Zepter übernehmen? War er denn nicht schon lange der eigentliche Herrscher des Landes? Den Königssohn festzusetzen, schien ihm in diesem Moment nicht das Klügste zu sein. Immerhin war Daniel bekannt, sein Name würde in Windeseile durch das Land und sogar über die Mauer fliegen. Das würde nur noch mehr Verwirrung stiften. Aber man musste noch mehr Mitarbeiter auf ihn ansetzen, ihn rund um die Uhr beobachten, dachte Stasius. Als Erstes jedoch griff er zum Telefonhörer und wies seine Mitarbeiter an der Mauer an, keine Briefe zwischen Beatrice und Daniel mehr durchzulassen.

Beatrice war erschrocken: Von einem Tag auf den anderen blieben die Briefe aus! Daniel schrieb nicht mehr. Beatrice saß in ihrem kleinen Zimmer und fühlte sich verloren, wie eine einsame Seele in einem unheimlichen Ozean. Ihre eigenen Briefe kamen zurück mit dem lakonischen Vermerk: »Empfänger unbekannt!«

War Daniel in eine neue Wohnung gezogen? Liebte er sie nicht mehr? War er verschwunden? Hatte ihn dieser fürchterliche Stasius etwa verschwinden lassen? Sie konnte sich keinen Reim darauf machen. Sie wusste nur, dass irgend etwas Schreckliches passiert sein musste. Sie lief in ihrem kleinen Zimmer auf und ab, kaute an ihren Fingernägeln. Das hatte sie Jahre nicht mehr gemacht. Dann kauerte sie sich auf ihr Bett, wiegte ihren Oberkörper vor Angst hin und her und flüsterte: »Daniel, Liebster. Was ist mit dir? Tausende laufen aus deinem Land davon. Was geschieht dort? Wie geht es dir? Lebst du noch? Ich würde alles dafür geben, jetzt bei dir zu sein. Mir tut alles weh vor Sehnsucht nach dir.«

Blass, mit offenen, verstrubbelten Haaren und ungeschminkt lief sie in ihrer Panik hinaus, während ihr bisschen Verstand noch an den Pass dachte, den ihre Hand im

Vorbeigehen schnappte und in die Tasche ihrer Wetterjacke steckte, die sie am Hals zusammenraffte. Denn es war Herbst geworden, und der Wind trieb einen kalten, sprühenden Regen vor sich her. Sie eilte durch die Straßen, lief auf das grässliche Mauer-Ungetüm zu. Es zog sie hinüber auf die andere Seite. Sie wollte Daniel retten, ihn in ihre Arme nehmen und nicht mehr loslassen. Und wenn sie dafür auf der anderen Seite bleiben musste. In ihrem Kopf hatte jemand einen Schalter umgelegt, so dass sie das, was sie bisher getan hatte, plötzlich nicht mehr tun konnte. Sie konnte nicht mehr studieren, nicht mehr kellnern, nicht mehr Hostess spielen oder mit ihren Freunden lachen. Nichts mehr. Sie war ein Wrack vor Angst und Sorge. Hätte sie jemand gefragt, wie sie heiße, sie wäre stehengeblieben und hätte den Fragenden mit einem abwesenden Blick aus ihren hellen Augen bedacht.

Mit diesem Blick stand sie jetzt auch vor den Soldaten an der Mauer. Einer blätterte in ihrem Pass, während sie ihn ansah, die Hand noch immer am Kragen ihrer nassen Jacke. Wieder rief der Soldat nach hinten, und wieder – wie in einem längst überwunden geglaubten Alptraum – kehrte ein Offizier zurück: »Tut mir leid. Ihre Einreise ist nicht erwünscht.«

Sie atmete heftig vor Erregung, auf ihrem Gesicht sammelte sich Zornesröte. Diese grauuniformierten Seelenschinder wollten sie daran hindern, die Liebe ihres Lebens zu sehen? Sie wollten ihr den Weg versperren, von einer Straße zur anderen, von ihrem Haus zur Wohnung ihres Geliebten, in ein und derselben Stadt? Einen ganz normalen Weg, wie ihn täglich viele tausend Liebende in tausend Städten der Welt gingen? Beatrice ballte ihre Fäuste. Der Offizier sah, dass sie sich auf ihn stürzen wollte. Ein Soldat sprang vor und packte sie bei den Schultern.

»Loslassen!«, schrie sie.

»Na, na, na, na!« rief der Offizier, mehr verblüfft als drohend.

Beatrice beruhigte sich wieder, langsam ließ auch der Druck um ihre Schultern nach.

Plötzlich, ganz aus der Ferne, hörte sie einen Tumult, der über die Mauer drang, einen Stimmenbrei aus tausend Kehlen, fast wie der Fanchor aus einem fernen Fußballstadion.

»Nun gehen Sie schon!«, forderte sie der Offizier auf, Nachdruck und eine eigenartige Unruhe färbten den Klang seiner Stimme.

Die Residenz wird gestürmt

Daniel ahnte in diesem Augenblick nicht, dass nur wenige hundert Meter von ihm entfernt seine geliebte Beatrice, vor Angst und Erschöpfung zitternd, den Rückzug antrat. Er befand sich mitten in einer Menge Tausender Menschen, die durch die Straßen zogen und zu allem entschlossen schienen, trotz des Regens. Natürlich war Beatrice in seinem verdammten Kopf. Er hatte sie nicht vergessen. Aber sie war ein schöner, angenehmer Gedanke, der überhaupt nicht in diese Situation passte. Dass sie nicht mehr schrieb und seine Briefe wieder zurückkamen, beunruhigte ihn schon. Aber diese Menge hier hatte ihn mitgerissen und ihn aller Gedanken beraubt, die nicht gerade diesem einen Augenblick galten.

Keiner vermag heute genau zu sagen, was eigentlich an diesem Tage Tausende von Menschen im selben Augenblick an ein und denselben Ort gezogen hatte. Die »Gruppe der Gerechten« hatte zu einem Protestmarsch gerufen, aber das tat sie seit Wochen, und bisher war immer nur ein Häuflein gekommen, bewaffnet mit Losungen und umringt von doppelt so vielen Mitarbeitern des Stasius. Heute aber gingen so viele auf die Straße, dass man, nach vorne und hinten blickend, nicht das Ende des Zuges sehen konnte. In allen hatte der Virus der Aufmüpfigkeit gesteckt, der auch bei allen im selben Augenblick dieselben Symptome hervorrief, nämlich als die Zeit überreif war.

Die Mitarbeiter des Stasius standen in kleinen Grüppchen an den Straßenecken herum, mit verlorenem Grinsen, oder sie schlossen sich schon mal vorsorglich dem

Zug an. Was Beatrice dumpf und aus weiter Ferne als Stimmenbrei gehört hatte, war der tausendstimmige Ruf: »Wir sind das Volk! Wir sind das Volk!«, mit dem sich die unüberschaubare Menge jetzt auf die Residenz zuwälzte.

Daniel war begeistert über dieses plötzliche Aufmucken der Menschen, die über Jahre still und fleißig ihre Arbeit gemacht und gar nicht mehr gewusst hatten, dass sie ja alle zusammen das Volk bildeten. Bei aller Begeisterung aber, dass dieses Volk plötzlich Meinungen und laute Stimmen hatte, spürte Daniel nun doch einen Kloß im Hals aufquellen. Denn in der Residenz saß nicht nur der verhasste Stasius, dem er die Wut des Volkes schon gegönnt hätte, hier saßen auch seine Eltern.

»Wir sind das Volk! Wir sind das Volk!«, rief es aus Tausend und Abertausend Kehlen vor den Toren der Residenz. Drinnen hockte König Dederow in seinem Sessel und wackelte mit seinem Schädel – wie geistesabwesend. Königin Gertrud stand am Fenster und blickte regungslos hinaus. Nur Stasius sprang schreiend umher und forderte die Vollmacht, hart durchzugreifen. Dabei hörte man schon mal den netten Vorschlag, »alle zusammenzuschießen«.

»Exzellenz«, schrie Stasius, »das ist eine Revolte! Wir haben genügend Waffen im Haus. Nur ein Befehl, und meine Mitarbeiter machen dem Spuk ein Ende.«

»Wir sind das Volk! Wir sind das Volk!«, skandierte es vieltausendstimmig vor den Fenstern.

»Aber das ist doch das Volk!«, murmelte König Dederow.

»Das ist doch nicht das Volk!«, kreischte Stasius. »Das ist ein Haufen irregeführter Spinner, angeführt von Umstürzlern, von Kriminellen! Exzellenz, Dederow, Mensch, du musst schießen lassen!«

Königin Gertrud fuhr herum: »Aber nicht doch! Niemals!«, rief sie, und der König murmelte weiter vor sich hin: »Das Volk, das Volk, das Volk.« Er hatte noch immer nicht begriffen, dass sein Volk sich ausgerechnet gegen ihn stellte. Revolte, Aufstand, Umsturz – diese Begriffe hatte er doch für sich reserviert. Sie gehörten doch zu seiner großartigen Geschichte. So etwas konnte sich doch nicht gegen ihn kehren!

Stasius lief aus dem Zimmer und winkte dabei mit der Hand ab, was heißen sollte: Du blöder Schlappschwanz! Er fegte seine Mitarbeiter vom Flur. Sie sollten sich alle unten im Foyer versammeln. »Die Waffen bleiben erst einmal, wo sie sind«, rief er. Vielleicht gelang es ihm, ganz anders mit den Krakeelern fertigzuwerden. Er holte eine Flüstertüte aus seinem Büro und ging hinaus auf den Balkon. Die Menge vor dem Tor schrie auf und buhte höhnisch.

»Hört mir zu!«, rief Stasius durch die Flüstertüte.

»Buh!«, antwortete es ihm vielstimmig.

»Der König ist zurückgetreten!«, schrie er, was gar nicht stimmte. »Der Schuldige hat seinen Platz geräumt. Die Zeit Dederows ist vorbei!«

Die Menge jaulte auf. Dieser Lügner, dieser Heuchler! Jetzt versucht er sich reinzuwaschen, sich zu retten, alles auf den König zu schieben!

Stasius zitterte am ganzen Leibe, aber er musste alles auf diese eine Karte setzen.

»Der König trägt die ganze Verantwortung«, rief er durch die Flüstertüte. »Ich habe tausendmal versucht, ihn zu warnen. Aber er war taub! Ich wollte immer nur das Beste! Jetzt endlich ist der Weg frei! Es kommen neue Zeiten! Alles wird besser!«

Die Menge brüllte vor Hohn und Wut. Sie drückte gegen das Tor. Die Wachen flohen. Das Tor schwankte bedrohlich.

»Aber, Bürger!«, schrie Stasius, »ich liebe euch doch alle!«

Jetzt war das Maß voll. Jetzt gab es kein Halten mehr. Die Wut brach sich Bahn. Das Tor neigte sich. Stasius und seine Mitarbeiter flohen. Vier Stufen auf einmal nehmend, rannte Stasius die Treppe seines Turmes hinauf. Oben angekommen, riss er die metallenen Schränke auf und suchte nach Akten, aus denen man seine Beteiligung an den schlimmsten Intrigen, Spitzeleien und Gaunereien rekonstruieren konnte. Alle diese Papiere und noch einiges mehr wie die Akten Bundislaus' und Dederows (vielleicht konnte man sie ja mal verkaufen) stopfte er in eine große Tasche. Er gab dem Filmapparat einen Tritt und dem Störsender-Kasten einen Hieb. Dann stolperte er keuchend mit der schweren Tasche die Treppe wieder hinunter und brüllte seinen Mitarbeitern im Foyer die neueste und allerletzte Losung des Tages zu. Sie lautete: »Rette sich, wer kann!« Die Mitarbeiter, die man später befragen sollte, würden aussagen, dass Stasius zügig zum Turm zurückbuckelte und auf Nimmerwiedersehen darin verschwand. Der Erdboden verschlang ihn, und er verließ die Geschichte, zumindest vorübergehend.

Später entdeckte man im Keller des Turmes, neben der Zelle, in der Daniel gesessen hatte, im Boden eine winzige Eisentür. Sie führte in einen engen Tunnel, den nur Stasius gekannt hatte und der bis weit in die Stadt hineinführte, wo sich die Spur des Stasius verlor. Und der König? Die Königin? Was geschah mit ihnen? Ja, auch sie hat niemand mehr gesehen. Als die Menge das Tor eingedrückt und die Residenz erstürmt hatte, fand sie nur verlassene Räume vor. Sie besetzte den Turm, und ihre Anführer stellten alles sicher, was sie vor dem Zorn der Leute noch retten konnten. Man sagt, auch einige Mitarbeiter des Stasius hätten sich beim Zerstören sehr hervorgetan. Doch die Anführer, Leute der »Gruppe der Gerechten«, sicherten dennoch bergeweise Schnüffelberichte, die Überwachungsfilme, den Störsender sowie hundert Briefe von Beatrice und Daniel, säuberlich kopiert und abgeheftet.

Wir können es heute – nach all den Jahren – endlich verraten: Als Daniel die Wut der Menge gespürt hatte, war er schnell aus ihren Reihen geschlüpft. Durch das Gebüsch huschend, immer auf dem Weg zwischen Zaun und Graben bleibend (er kannte sich schließlich hier aus), lief er zu einer bestimmten Stelle des Zaunes. Sein Herz klopfte. Er hoffte, dass alles noch so sei wie früher. Gott sei Dank war ihm dieses Mal im rechten Augenblick die Erinnerung gekommen. Beim Spielen als Kind hatte er einst eine kleine Pforte am Ende des Parkes entdeckt. Es gab sie noch, stellte er beim Näherkommen erfreut fest. Auch zwei Wachposten standen in ihrer Nähe.

»He«, rief Daniel. Die Wachen drehten sich um. »Ihr kennt mich doch«, rief er. Die Wachen nickten stumm. »Bitte, bitte, ruft den König und die Königin hierher, schnell! Sagt ihnen, ihr Sohn stehe hier und warte! Ich werde nicht wieder gehen, bevor sie nicht gekommen sind!« Die Wachen, die den Tumult auf der Straße durchaus mitbekommen hatten, tuschelten kurz miteinander. Dann ging ein Posten zum Telefonhäuschen und sprach mit einem anderen Posten. Eine Viertelstunde später kamen König und Königin angewackelt, gerade noch zur rechten Zeit. Dederow hatte einen Hut tief in die Stirn gezogen und schnaufte, Königin Gertrud trug ein Kopftuch.

»Ihr macht, was ich euch sage!«, befahl Daniel und führte sie zur Straße, wo er sie über Umwege zu sich nach Hause in die Wohnung führte. Es war der letzte Dienst, den er ihnen erweisen konnte.

Dederows letzter Befehl

Am Abend schloss es an der Wohnungstür, und Tom, Daniels Schulfreund und Mitbewohner, kam nach Hause. Man hatte ihn wieder aus dem Gefängnis entlassen. Er stapfte durch den Flur, öffnete die Tür zum Zimmer und schreckte zurück, als wollte ihn ein Tiger anspringen. »Was machen DIE denn hier?«, rief er, als er König und Königin entdeckte. Eine Wagenladung voller Vogelspinnen hätte kein größeres Entsetzen in ihm auslösen können. Daniel antwortete: »Das sind meine Eltern, und sie bleiben vorläufig hier. Wir wollen Gerechtigkeit und keine Rache, Tom. Und erstere kann im Augenblick niemand garantieren.«

»Du wirst schon wissen, was du tust«, sagte Tom. »Lieber wäre mir, ich könnte dem Stasius mal so richtig meine Meinung über ihn und seine Gefängnisse sagen. Aber vielleicht interessiert's ja deinen Vater auch. Ach, übrigens: Irgend jemand erzählte mir auf dem Weg hierher, die Leute versammelten sich an der Mauer.«

»An der Mauer?«, fragte Daniel. Die Mauer! Sie hatte er wirklich ganz vergessen, seit das Schiff des Dederow Fahrt bekommen hatte. Er war vollauf damit beschäftigt gewesen, diese letzte Fahrt nicht nur zu beobachten, sondern mitzusteuern. Und nun, da das Schiff auf einem Riff festsaß, erinnerte er sich plötzlich wieder an die Mauer und jene, die dahinter auf ihn wartete.

Eine siedendheiße Welle durchschoß ihn, heftig sprang sein Herz wieder an, und es erfasste ihn wieder jene Art von Unruhe, die er ganz verdrängt hatte. Oje, Beatrice, dachte er. Er musste sich bei ihr melden, und zwar sofort. Vielleicht verzieh sie ihm noch einmal. Es zog ihn zur Mauer, obwohl er wusste, dass er gar keine Chance hatte, von dort aus Beatrice zu sehen.

Daniel sprang zur Tür. Tom rief ihm noch hinterher, dass er in der Wohnung bleibe. »Sollen doch alle zur Mauer rennen!«, rief er. »Einer muss ja schließlich hierbleiben. Wenn hierzulande überhaupt noch etwas passiert und ihr nicht die letzte Chance zunichte gemacht habt«, knurrte er wütend in die Richtung des Königspaares.

König Dederow starrte ihn an, als sei er ein Hund, der ihn gleich anspränge.

»Guck nicht so!«, rief Tom. »Jawohl, ich habe bei dir im Knast gesessen. War nicht gerade 'ne feine Sache. Aber wenn nun dieser fette Bundislaus kommt und den ganzen Laden hier übernimmt, dann bin ich dir echt böse!«

Daniel war längst zur Tür hinaus und unterwegs zur Mauer. Es trieb ihn zu dem Übergang unweit der Stelle, an der er damals den Ballon hatte fliegen lassen. Die Regenwolken waren längst fortgeweht und hatten die Sicht auf einen sternenklaren Abendhimmel freigegeben. Vor Daniel wuchs das von Scheinwerfern angestrahlte Monstrum empor, mit seinen Wachtürmen und dem Tor, vor dem sich jetzt einige Dutzend Leute drängten. Sie diskutierten aufgeregt und riefen den Soldaten hinter dem Wachhäuschen zu: »Macht das Tor auf!« Diese blickten mit versteinerten Gesichtern auf ihre Stiefelspitzen oder sonstwohin, möglichst in die Ferne. Nach und nach kamen immer mehr Leute hinzu, und nach einer Weile – es war bereits ziemlich spät geworden – auch ein Mann mit einem Kamerateam vom Fernsehen.

»Tor auf!«, »Lasst uns rüber!«, rief es aus der Menge. Einige begannen bereits am Gitter zu rütteln. Noch jedoch hatte der alte König, obwohl er geflohen war, nicht offiziell abgedankt, noch saßen die Generale auf ihren Stühlen, noch brummte der Apparat des Dederow'schen Reiches vor sich hin, als sei ihm nicht gerade der Kopf abgefallen. Die Soldaten an der Mauer hatten Order wie immer: »Durchbruch verhindern, notfalls schießen!« Sie schielten nervös auf die Leute, die am Tor standen und immer stärker rüttelten: »Macht auf! Lasst uns durch!« Die meisten, die dort schoben, drängten und rüttelten, kannten das Reich Bundislaus' nur vom Hörensagen oder aus dem Fernsehen.

Das Fernsehteam begann zu drehen. Der Mann mit dem Mikrofon, ein Reporter aus einem fernen Land, sagte seinen Text auf: »Fällt heute Nacht noch diese Mauer? Liebe Zuschauer, es scheint unglaublich, was hier geschieht. Heute Nachmittag erst wurde König Dederow aus seiner Residenz verjagt. Niemand weiß, wo er sich aufhält. Und jetzt fordern diese Leute hier: Öffnet die Mauer! Eine ganze Generation ist hinter dieser Mauer aufgewachsen. Sie kennt nichts anderes. Und wenn man bedenkt, was sich hier jahrelang für Dramen abgespielt haben, wie viele Opfer …«

Ein Aufschrei ertönte. Das Gitter des Tores begann langsam nachzugeben. Hinter dem Tor liefen Soldaten und Offiziere hin und her. All das konnte auch Beatrice sehen, die in diesem Augenblick in ihrem kleinen Zimmer hockte. Sie hatte verheulte Augen und ein vor Kummer leichenblasses Gesicht. Um sich abzulenken, hatte sie den Fernseher eingeschaltet, und dort sah sie nun auf einmal die verhasste Mauer, einige hilflos umherlaufende Soldaten und einen Mann, der davon sprach, dass hier vielleicht bald etwas geschehen würde. Sie starrte fassungslos auf die Menge der Leute, die gestikulierten, etwas riefen und gegen das Tor drückten.

Und plötzlich – ihr Herz setzte aus – erblickte sie Daniel.

Daniel, Daniel, jubelte sie. Er war nur für einen Augenblick zu sehen, aber dieser genügte, Beatrice vom Stuhl aufspringen zu lassen. Er lebte! Er war nicht verschollen! Es hatte ihn an die Mauer gezogen! Vielleicht verspürte er doch Sehnsucht nach ihr! Die Hoffnung kehrte wieder. Aber wohin soll ich jetzt laufen?, fragte sich Beatrice. Wo steht er? Zum Glück erkannte sie bei einem kleinen Schwenk der Kamera die Umrisse der Dederow'schen Residenz in der Ferne, von Scheinwerfern angestrahlt – eine Burg vor schwarzem Nachthimmel. Jetzt wusste sie, wo Daniel war, und sie lief aus dem Haus in jene Richtung, in die sie einst als Prinzessin allabendlich mit dem Fernglas geschaut hatte.

Daniel blickte unruhig in der Gegend umher. Die Menge vor dem Tor drückte und schob. Gleich würde es fallen, wie schon das Tor der Residenz, dachte Daniel. Doch dann? Was würden die Soldaten tun? Noch standen sie angespannt auf dem Turm und hinter dem Wachhäuschen. Ein Offizier telefonierte. Daniel konnte sehen, wie er mit einem Arm fuchtelte, als stritte er sich mit jemandem. Alles sah nach Chaos aus, und im Chaos – so können wir uns ja denken – verliert mancher schnell die Nerven. Daniel bekam es mit der Angst zu tun. Es war fast unmöglich, dass diese Situation glimpflich abging, galt doch diese Mauer nicht nur als militärische Anlage. Sie war auch ein Symbol, die allerletzte Barriere der Herrschaft seines Vaters. Dieser saß zwar nicht mehr in seiner Residenz, sein Reich aber gab es noch immer.

Plötzlich hatte Daniel eine Idee. Er fragte einen der am Tor Schiebenden: »Wo ist denn hier eine Telefonzelle?« (Mobile Telefone gab es noch nicht.) »Willst wohl deine ganze Familie herholen?«, fragte der Torschieber lachend. »Mach nur, wir können hier noch ein paar Kräfte gebrauchen.« Daniel fand eine Telefonzelle ganz in der Nähe. Sie funktionierte, was im Lande Dederows eine Ausnahme und in diesem Fall ein großes Glück war. Daniel wählte die Nummer seiner Wohung. Es klingelte vier Mal, ehe endlich einer abnahm. Tom war am Apparat und bekam sofort die Ungeduld Daniels zu spüren: »Mensch, was machst du denn so lange?«

»Wir diskutieren«, antwortete Tom.

»Mit wem? Worüber?«

»Na, mit deinem Papa und deiner Ma«, sagte Tom. »So ganz aus der Nähe sind die gar nicht so übel – eh. Dein Papa ist echt fertig! Der ist ja völlig kaputt. Also, König hätte ich in diesem Land auch nicht sein wollen!«

Daniel trat unruhig von einem Bein auf das andere. »Nun gib mir mal schnell meinen Vater!«, forderte er. König Dederow, wenn man ihn noch so nennen darf, kam ans Telefon, und Daniel sagte ohne Umschweife: »Vater, die Leute stürmen die Mauer. Ich habe eine ganz dringende Bitte an dich. Es ist das Letzte, was du tun kannst, und vielleicht das Wichtigste, was du je getan hast. Du bist zwar geflohen, aber nicht offiziell abgesetzt. Jeder kennt deine Stimme, und jahrzehntelang haben viele schon strammgestanden, wenn sie nur dein Bild sahen. Bitte sag den Soldaten an der Mauer, sie sollen um Gottes willen nicht schießen!«

Dederow schwieg einen Augenblick. Er atmete tief ein und aus, wie Daniel durch den Hörer vernehmen konnte. Wir können uns vorstellen, was in Dederow vorging, denn wir wissen ja, wie diese Mauer entstanden war und was sie für ihn bedeutete. Dederow sagte: »Wenn sie nicht schießen dürfen, dann müssen sie die Mauer öffnen, und dann gibt es kein Halten mehr. Dann reißt die Flut alles mit, was wir uns je aufgebaut haben. Um mich ist es ja nicht schade, aber dann ist es aus mit unserem Reich.«

»Papa, ja«, antwortete Daniel. »Vielleicht wird es so geschehen. Vielleicht hast du Recht. Aber überleg doch mal einen Moment: Was passiert, wenn sie schießen? Wie stehen dann du und dein Reich in aller Ewigkeit da?«

»Oje«, antwortete Dederow.

»Genau!«, sagte Daniel.

Sie einigten sich, und als sie aufgelegt hatten, rief Dederow beim General an, der für die Soldaten an der Mauer zuständig war. Tom, der im Zimmer neben Dederow saß, beobachtete es mit angehaltenem Atem. Er hatte vernommen, was auf dem Spiel stand.

»Hier Dederow«, sagte der scheidende König mit einer Stimme, die er seit Jahren nicht gehabt hatte: »Ich befehle: Nicht schießen!«

Und so geschah es. Den Soldaten blieb nichts übrig, als das Tor zu öffnen, und die Menge, mittlerweile auf Hunderte angewachsen, strömte hindurch. Daniel sah es aus der Ferne, die Hände in den Taschen, und er lächelte erleichtert.

Beatrice erlebte auf der anderen Seite mit, wie die ersten Leute durch das Tor taumelten, wie Trunkene, die ihre ersten Schritte auf dem Mond machten. Sie blickten sich fassungslos um, manche begannen sogar zu heulen. Leute aus dem Lande Bundislaus', die auf die Nachrichten hin zusammengeströmt waren, umarmten ihnen völlig wildfremde Menschen. Schon waren es Hunderte. Irgend jemand hatte Sektflaschen geholt. Korken knallten. Die Straßen füllten sich mit rufenden, tanzenden, weinenden Leuten. Kurz gesagt: Der Himmel war los.

Doch wo befand sich Daniel? Beatrice reckte den Hals, doch sie fand ihn nicht unter den Jubelnden und Feiernden. Ihr Herz wurde von Unruhe ergriffen. War er etwa wieder verschwunden?, fragte sie sich. Sie wollte durch die Mauer gehen, auf die andere Seite, doch die ihr entgegenströmende Menge drängte sie zurück in ihr eigenes Land und rief: »Mädchen, hier geht's lang!«

Daniel stand ein Weilchen an ein und demselben Fleck. Er sah die Menge hinüberfluten. Er wusste, dass kein Halten mehr sein würde. Die ganze Mauer war mit einem Schlag überflüssig. Er sah, wie Soldaten, von denen manche einst nicht nur auf seinen Ballon geschossen hatten, lächelten, wie sie sich erleichtert zurücklehnten und mit zurückgeschobener Mütze auf das Treiben um sich her blickten. Drei Mädchen liefen eingehängt an ihnen vorbei, und plötzlich löste sich eine, lief auf einen Soldaten zu und gab ihm einen Kuss. Ja, so etwas war nun plötzlich möglich, und man sah in dieser Nacht noch ganz andere Bilder. Einige Meter vom Tor entfernt begannen die Leute Löcher in die Mauer zu hacken. Sie hatten von irgendwoher Eisenwerkzeuge besorgt. Daniel wollte seinen Gang durch die Mauer noch ein wenig verzögern – schließlich war im Augenblick alles von Menschen verstopft, und Beatrice schlief gewiss schon. Es reichte, sie am Morgen zu wecken. Wie würde sie schauen! Wie überrascht würde sie sein! Hoffentlich verzeiht sie mir!, dachte Daniel. Er schlenderte an der hohen grauen Wand entlang. So nahe war ihr außer den Soldaten bisher fast niemand gekommen. Er blickte auf das Loch, das die Männer stemmten. Es war bereits groß genug, um einen Mann hindurchzulassen.

Daniel bückte sich ein wenig und schaute hinüber auf die andere Seite. Eine Dornenhecke versperrte ihm die Sicht. Aber es war Herbst, und er konnte mühsam hinüberspähen, weil der Hecke das Grün fehlte. Er sah die jubelnden Menschen, Umarmungen, Verbrüderungen, Betrunkene. Und plötzlich erblickte er Beatrice. Ein Jubel stieg in ihm auf. Beatrice! Wie war das nur möglich? Warum war sie ausgerechnet hier? Sie schaute voller Unruhe zum Tor, das einige Meter entfernt lag.

Die Dornenhecke und Beatrice, dachte Daniel. Gab es da nicht irgendeinen Zusammenhang? Natürlich gab es ihn! Wie verblödet bin ich eigentlich?, fragte sich Daniel. Er erinnerte sich an ihre Briefe: »Wisst Ihr, dass ganz in Eurer Nähe auf unserer Seite eine Rosenhecke an der Mauer wächst?« – »Ach, Freundin, wäre ich ein Ritter, ich würde mich durch diese Rosenhecke schlagen, um zu Euch zu gelangen.« Dass er sich erst jetzt daran erinnerte!

Er suchte ein Weilchen die Gegend ab, das Niemandsland, das bisher niemand hatte betreten dürfen. Nun war es egal. Daniel fand im Gras ein rostiges Metallteil. Es sah tatsächlich wie ein alter Säbel aus. Und er lief zurück. Er sagte zu den schuftenden Männern: »Jungs, lasst mich mal durch!« Diese glotzten ihn nur an, als er durch das Loch schlüpfte und laut »Hejooo, ich komme!« rief.

Daniel sah, wie Beatrice stutzte, den Kopf wandte und auf die Hecke starrte. Er saß im Mauerloch und drückte mit aller Kraft gegen die Hecke. Zweimal hieb er mit seinem komischen alten Säbel auf sie ein. Sie gab nicht nach. Was war das nur für ein störrisches Gestrüpp! Er warf das rostige Eisen weg, zog seine Jacke aus, wickelte sie um den Arm und schob die Hecke auseinander. Es hakte und kratzte wie wild. Gebückt, den Arm vors Gesicht haltend, schob sich Daniel mit seinem ganzen Gewicht durch die Dornenhecke. Er zerriss sich dabei die Kleidung, aber das war ihm egal.

Beatrice lief auf ihn zu, warf sich in seine Arme. Sie hielten einander minutenlang umschlungen, als befürchteten sie, der Traum wäre vorbei, sobald sie sich wieder voneinander lösten. Schließlich sahen sie sich in die Augen. Beatrice lachte. Sie schüttelte den Kopf, umarmte ihn wieder und sagte, mit ihren Augen strahlend, als wolle sie die ganze Welt beleuchten:

»Schönen Dank für die Rettung, mein Ritter!«

Ende

Statt eines Nachworts

Moment mal, Papa, das war schon alles?

Wieso? Was soll ich denn noch erzählen?

Na, wie es weiterging.

Na gut: Machen wir's kurz: König Bundislaus triumphierte natürlich. Er fühlte sich als großer Sieger und hatte von nun an das Sagen in ganz Bärenburg. Königin Sophia sonnte sich in seinem Ruhm, aber das hielt nicht allzu lange an. Denn auch Bundislaus musste abtreten und einem neuen König Platz machen. Irgendwann ist für jeden mal die Zeit abgelaufen.

Und Daniel und Beatrice?

Die zogen zusammen. Zur Hochzeit schenkte Daniel seiner Beatrice einen kleinen Mauerstein, in Gold eingefasst, und Beatrice schenkte ihm eine Perle ihrer schwarzen Handtasche, in einer kleinen, filigranen silbernen Rosenhecke. Erst hatten Daniel und Beatrice in ein fernes Land ziehen wollen, aber dann beschlossen sie doch, in Bärenburg zu bleiben. Hier waren sie schließlich aufgewachsen, hier hatten sie sich kennengelernt.

An der Stelle, wo einst die Mauer gestanden hatte, wurden später Häuser gebaut. Es entstand ein ganz neuer Stadtteil: Mauerfallhausen. Das war ein ganz lang gezogener Stadtteil, dafür aber nicht besonders breit. Er besaß viele kleine Siedlungen und Parks, ein Rathaus, kleine Cafés und ein Museum. An einigen Stellen hatte man die Mauer stehen lassen, und viele Besucher aus allen Ländern der Welt kamen, um sie sich anzusehen. Und rate mal, wer der Bürgermeister von Mauerfallhausen war! Daniel natürlich. Er hatte Geschmack daran gefunden, den Leuten zu helfen, und auch in dem neuen Bärenburg war das dringend nötig. Manchmal war es übrigens genauso schwer wie einst im Lande Dederows, wenn nicht sogar schwerer. Und noch immer gab es Leute, die auf eine neue Welt der Gleichheit und Gerechtigkeit hofften.

Daniel und Beatrice zogen in eine der Straßen, die neu entstanden waren. Sie hieß Rosenheckenstraße. Den Mauerteil mit der Rosenhecke hatte man übrigens auch stehen lassen, und rundherum entstand ein kleiner Park mit Springbrunnen und Bänken.

Beatrice war inzwischen Kinderärztin geworden. Auch ihre Eltern, Bundislaus und Sophia, besuchten sie hin und wieder einmal. Sie waren nun ganz normale Bürger. Der Groll schien verflogen, und man muss ja auch verzeihen können, dachte sich Beatrice.

Sophia fragte zwar manchmal, wenn sie das Häuschen von Daniel und Beatrice sah: »Was Größeres könnt ihr euch wohl nicht leisten?«

»Mamaaaa!«, sagte Beatrice. »Du änderst dich nie!«

Und was wurde aus König Dederow?

Der lebte mit Königin Gertrud in einem anderen Land. Er wollte auch nicht zurückkehren. Schon der Gedanke daran schüttelte ihn: Bundislaus in der Familie! Seit er kein König mehr war, fühlte er sich auch viel besser. Sein Gesicht hatte wieder Farbe angenommen, alle Last war von seinen Schultern gefallen, was man seiner Haltung ansehen konnte, und er war auf dem besten Wege, uralt zu werden.

Irgendwann besuchten ihn Daniel und Beatrice mit ihren Kindern, der kleinen Romy und dem schon etwas größeren Julius. Königin Gertrud spielte mit ihnen, sang ihnen Lieder vor und erzählte ihnen Märchen aus einer längst vergangenen Zeit.

Als sie wieder wegfuhren, sagte Romy plötzlich: »Omi spinnt.«

»Warum?«, fragten die Eltern.

»Die erzählt uns immer, dass sie mal eine Königin war.«

Daniel und Beatrice lachten. Auch Julius und Romy fielen in das Lachen ein.

Omi und eine Königin! Das war ja zu lustig.

Julius sagte: »Ja, und Opa hat in seiner Tischlerwerkstatt einen Hobel. Er sagt, den habe ihm ein echter König geschenkt. Der sei aber ein bisschen verrückt gewesen.«

Wieder lachten alle: Opa und ein echter König!

War denn König Dederow wieder Tischler geworden?

Er hatte sich eine kleine Werkstatt eingerichtet und wollte mal sehen, ob er es noch drauf hatte nach all den Jahren. Man sah ihn mit abgeschrammten Schuhen, fleckigem Hut, weißem Vollbart und Kittel in seiner Werkstatt ein und aus gehen. Ein paar Mal kamen Reporter, die durch das ferne Land reisten, vorbei und fragten ihn: »Hier soll doch irgendwo der frühere König Dederow leben. Wissen Sie, wo der sich aufhält?« Doch Dederow zuckte nur mit den Schultern und zog seine Augenbrauen hoch. Er wisse von nichts, sollte das heißen. In seiner kleinen Werkstatt tischlerte er alles Mögliche. Doch immer wieder fertigte er aus Holz kleine dicke Bundisläuse – Königsfiguren mit steifem Hut, Weste, goldener Uhr, die auf einem Butterfass standen. Sie gingen weg wie warme Buttersemmeln.

Und Stasius?

Ach, Stasius. Niemand weiß, wo er verblieben ist. Die einen wollen ihn als Sicherheitschef des größten Butterunternehmens von ganz Bärenburg gesehen haben. Aber das war bestimmt eine Täuschung. Denn wo passierte so was schon? Wer wollte denn so einen Mann noch in seiner Firma haben? Andere Leute glauben, es habe ihn ganz woandershin verschlagen. Irgendwann wurde in einem fernen Land, dessen Herrscher sich nicht vertrugen, wieder mal eine Mauer gebaut. Man sagt, Stasius habe seine Hände dabei im Spiel gehabt. Aber das ist ein anderes Märchen.

Inhaltsverzeichnis

Statt eines Vorworts   5

Die Königskinder von Bärenburg

  Die Großmächtigen   11
  Ein Tischler steigt empor   16
  Der Schaufenster-Coup   20
  Ein Mauer teilt Bärenburg   26
  Onkel Stasius und das Grinsen des Krokodils   36
  Beatrice blickt durchs Fernglas   42
  Die Verhaftung des Gärtners   47
  Daniel macht eine ungeheure Entdeckung   52
  Beatrice springt vor Wut im Kreis   60
  Der Unglücksflug der Brieftaube   64
  Das graue Ungetüm und der Alte   71
  Die ferne Rosenhecke   76
  Der Friedensbote überbringt Geschenke   84
  Die verfluchte schwarze Tasche   91
  Stasius wittert ungeahnte Chancen   101
  Beatrice lässt sich demütigen   108
  Auszug aus dem Vaterhaus   114
  Die erste Berührung   119
  Dederow fühlt sich von allen verlassen   126
  Die Gruppe der Gerechten   131
  Königin Gertrud nimmt die Sache in die Hand   138
  Unheimliche Stille   142
  Die Residenz wird gestürmt   147
  Dederows letzter Befehl   152

Statt eines Nachworts

»Gut, daß es Volker Kriegel gibt.«

die tageszeitung

Volker Kriegel
Der Rock 'n' Roll-König
Durchgehend vierfarbig
80 Seiten · gebunden
€ 14,95 (D) · sFr 26,90
ISBN 3-8218-3741-1

Es war einmal ein König, dem der Rock'n'Roll mehr am Herzen lag als das Regieren. Doch leider war der König mit der Gitarre nicht ganz rhythmusfest: Immer zwischen der kleinen Pause von »I Can't Get No … Satisfaction« blieb er auf der Strecke. Eines Tages, beim großen Open-Burghof-Konzert, passiert das Unausweichliche: Der König patzt, das Publikum lacht und das Konzert platzt. Blamiert und gedemütigt flüchtet er mit seiner Gitarre vom Hof …

Kaiserstraße 66
60329 Frankfurt
Telefon: 069/25 60 03-0
Fax: 069/25 60 03-30
www.eichborn.de

Wir schicken Ihnen gern ein Verlagsverzeichnis.

Eine herzergreifende Liebeserklärung an Venedig –
und das Leben

William Goldman
Als die Gondolieri schwiegen
Eine Geschichte aus Venedig
120 Seiten · gebunden
€ *14,95 (D)* · sFr 26,90
ISBN 3-8218-0879-9

Luigi hat ein wunderbares Lächeln und kann mit seiner Gondel die atemberaubendsten Kurven fahren. Doch Luigi ist nicht nur der beste Gondoliere Venedigs, er will auch singen wie Enrico Caruso. Aber seine Stimme ist die Tragödie seines Lebens: Die Touristen flüchten in Scharen von seiner Gondel, und auch seine Angebetete wendet sich von ihm ab, nachdem sie ihn hat singen hören. Traurig zieht er sich in die Taverne der Gondolieri zurück und fährt nachts stumm seine eleganten Kurven – bis, ja, bis ein Feuer ausbricht und sein geliebtes Venedig zu zerstören droht ...

William Goldman, Autor der *Brautprinzessin*, hat uns ein verführerisches Märchen über das Venedig unserer Träume geschenkt: traurig und schön, melancholisch und weise.

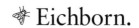

Kaiserstraße 66
60329 Frankfurt
Telefon: 069/25 60 03-0
Fax: 069/25 60 03-30
www.eichborn.de

Wir schicken Ihnen gern ein Verlagsverzeichnis.